ひろったうわばきと恋《こい》のゆくえ

高山榮香《たかやまえいか》・作／うすい しゅん・絵

もくじ

登場人物

小早川歩未《こばやかわあゆみ》（主人公・小四）
小早川洋《ヒロ》（弟・四才）
小早川純《じゅん》（父）・恵子（母）
空《そら》おばさん（父・純の三つ上の姉）
佐藤《さとう》　茂《しげる》（同級生）
増田彩花《ますだあやか》（同級生）
大川《おおかわ》　清《きよし》（同級生）
木田敏之《きだとしゆき》（同級生）
吉田《よしだ》屋のおじいさん（駄菓子屋《だがしや》）
佐田《さだ》のおばさん（お母さんの内職仲間《ないしょくなかま》）
岩田《いわた》先生（受け持ち（担任）の先生）

ひろったうわばきと恋《こい》のゆくえ

1. お父さんの味

歩未《あゆみ》の家は東京都のはずれにある。小さな町で駅前の大通りから二軒《けん》奥《おく》まった路地裏《ろじうら》だ。ぐるりとヒバの垣根《かきね》に囲《かこ》まれ、門柱には松《まつ》の枝《えだ》がかかり、その下に「小早川純《こばやかわじゅん》・恵子《けいこ》」の表札《ひょうさつ》がかかっている。

家は古く玄関《げんかん》は六畳《じょう》。右側《みぎがわ》に六畳《じょう》があり、その六畳《じょう》から廊下続《ろうかつづ》きでつきあたりがお手洗《てあら》い。廊下《ろうか》に面している二部屋続《つづ》きの八畳《じょう》。玄関《げんかん》の六畳《じょう》と居間《いま》はふすまごしに続《つづ》いて、居間《いま》の奥《おく》まった所には台所、風呂場《ふろば》がある。けっこう広いがお父さんが*競売《きょうばい》で安く買った。

＊競売……借金を返せなくなったときに、家や土地などの財産を裁判所が間に入って借金を返すこと。

前庭には白椿《つばき》、キャラ、ツゲ等もあるが、お父さんは転居祝《てんきょいわ》いにと、中庭の中央に四季《しき》咲《ざ》きのバラ二本を植えた。手前のがピース。英国産《えいこくさん》で黄色の大輪《たいりん》。平和を願《ねが》って名《な》づけられた。奥《おく》のが富士《ふじ》と言う名の国産《こくさん》の白い大きな花で、花びらのふちが、二、三枚《まい》ほんのり紅《くれない》がかっている。

八畳《じょう》のつきあたりの裏庭《うらにわ》には、いちじく、柿《かき》の大木があった。

当時、お父さんの務《つと》めていた会社は、時計盤《ばん》の数字を蛍光塗料《けいこうとりょう》でなぞり、大手の時計会社におさめていた。営業《えいぎょう》がおもな仕事で、ときには帳簿《ちょうぼ》づけもしたが、銀行へ通い、残《ざん》業《ぎょう》もあって、深夜帰りもめずらしくなかった。

長年コツコツとつとめ上げ、四十なかばでこの家を買った。まるで、つきがまわってきたように国から安く、土地が手に入った。地主が税金《ぜいきん》を支払《しはら》えず物納《ぶつのう》したからだった。恵《めぐ》まれず育ったお父さんは、運のよさをかみしめた。

お母さんも、

「まじめでいい行《おこな》いはしておくものね、お天道様《てんとうさま》は見ていてくださるからね」

と喜《よろこ》んだ。


歩未《あゆみ》は小学四年生、弟の洋《ヒロ》が四さいのときだった。

歩未《あゆみ》が学校から帰って来《く》ると、奥《おく》まった八畳《じょう》からヒロの声。

「姉ちゃん、見て、見てぇ、ロボットのお通りだぁい」

吹《ふ》きだしそうになる。

ヒロは上《じょう》きげんで、右のつま先を高く上げ、左足をゆっくり持ち上げながら、近づいて来《き》た。両足は小箱でおおわれ、からだはダンボールの中だった。

「のっし、のっし」

得意《とくい》げな声をはりあげたとき、前へずっこけた。歩未《あゆみ》は笑《わら》いながら、半べそをかいているヒロを抱《だ》きおこした。

「かっこいいロボットさん。休んでお父さんのおみやげのチョコレートを食べようか？」

「うわぁーい　うれちい」

ほほえんだ歩未《あゆみ》は、台所に近い六畳《じょう》の居間《いま》へ向かった。テレビの上の板チョコレートの山から一枚《いちまい》とってヒロに渡《わた》した。

「おやつよ」

にこにこしているヒロの手を台所で洗《あら》わせる。居間《いま》へ戻《もど》って、夏はテーブルがわりの掘《ほり》コタツの前へすわった。家では掘《ほり》コタツの布団《ふとん》をとったあとも、そのまま食卓《しょくたく》として使っている。これはお父さんが作ったものだ。

ヒロはお父さんがまとめて買ってきてくれたチョコレートの一枚をかじると、目がとろけそうになった。

歩未《あゆみ》はかわいいと思いながら、自分も食べた。まじめ一方のお父さんの笑顔《えがお》が浮《う》かぶ。

ヒロがチョコを半分残《のこ》すと、ろうかで、おもちゃ箱からとり出した車で遊びはじめた。救急車《きゅうきゅうしゃ》、消防車《しょうぼうしゃ》、トラック、パトカーと動かしていく。寝《ね》そべって、ろうかにほほをつけたまま、あきもせず遊び続《つづ》ける。

歩未《あゆみ》は八畳《じょう》で本を読みながら、ときどき、ヒロに眼《め》をやった。

いつの間に帰って来《き》たのか、お母さんの気配がした。しばらくして、台所からこうばしいクッキーの香《かお》りがただよってくる。

歩未《あゆみ》は、台所へ行った。

「おかえりなさい」

お母さんが軽くうなずき、オーブンからクッキーをとり出して、皿へのせた。

クッキーはどれも小動物をかたどったうつわでくりぬかれている。ウサギ、ネコ、キツネ、タヌキなど。それでアイスキャンディも作る。

「お母さん。さっき、板《いた》チョコをヒロと食べちゃった。半分ずつにしたよ」

「あら、もうおやつはすませたの。ヒロと遊んでくれてありがとう。じゃ、このクッキーはガラス瓶《びん》に入れておこうね。明日のおやつにしましょう」

歩未《あゆみ》は、お母さんにほめられて、うれしかった。


このごろ、お父さんは毎晩《まいばん》、深夜帰りだ。朝も早いので、顔を合わすこともない。

歩未《あゆみ》は父親とはそんなものだろうと不満《ふまん》はない。ときどき寂《さび》しいが、どこの家も同じようなのだろうと思っている。

お父さんは休日の昼過《ひるす》ぎ、珍《めずら》しくビールを飲んでいた。居間《いま》であぐらをかき、その中央にヒロをすわらせた。

「こうやって過《す》ごせるのが、歩未《あゆみ》、幸せというものなのだよ」

アルコールに弱いお父さんは、ビールですぐ赤い顔になる。酔《よ》うと口ぐせがはじまった。

「父さんが一さいのときに、おやじが、ガンで死んだ。だから、写真でしか顔を知らない。七つ上の兄さんは東京の親戚《しんせき》に養子《ようし》に出された。三つ年上の空《そら》ねえちゃんとおれを連《つ》れたおふくろは、親類《しんるい》の家のやっかいになり、その家で下働《したばたら》きをした。おふくろは働《はたら》き者《もの》で辛抱《しんぼう》強い人だったよ。『お前たちがいるから生きられる』と言いながら、その家の人《ひと》のいないときに、きつく抱《だ》きしめてくれたもんだ。」

ときどき父親が歩未《あゆみ》やヒロをきつく抱《だ》きしめてくれるわけが歩未《あゆみ》にわかった。

「父さんはな。ちっちゃいころ、やんちゃだったし、いたずら好《ず》きだったから、おふくろは、やっかいになっている家のみんなに、頭をさげ続《つづ》けていた。その姿《すがた》が眼《め》にやきついて。思い出しても、つらい」

ひと息ついて、お父さんはなおも続《つづ》けた。

「やっかいになった家の人は畳《たたみ》の上で食事をしても、父さんたちは、台所の板の間で違《ちが》う物を食べさせられた。幼《おさな》い父さんがまとわりつくと、おふくろは悲しげな眼《め》になって、つき離《はな》したよ。三さいになるころ、おふくろが、いじめられている気がしてくやしくて、その家の主人が寝《ね》ている顔にしょんべんをかけた。よけいおふくろはおこられた。幼《おさな》い父さんは、おふくろの足手まといだった。

五さいくらいで、父さんは魚つりに夢中《むちゅう》になり、食事さえ忘《わす》れてしまうようになった。

小学校へ入学すると、おふくろや空《そら》姉ちゃんと、村はずれの水車小屋に移《うつ》り住《す》むことになった。はじめての親子水いらずだ。水車小屋では粉《こな》ひきの仕事やもみを玄米《げんまい》にする仕事があったけれど、楽しかった」

お父さんはひと息つくと、当時を思い出すように眼《め》を遠くへやった。

「歩未《あゆみ》は、おれのおふくろによく似《に》ている」

やさしいまなざしを向けてきた。

歩未《あゆみ》はちょっぴり恥《は》ずかしいが、うれしくなって、お父さんの顔をみつめた。

「水車小屋の仕事が少なくなると、空《そら》姉ちゃんは町をめぐって牛乳《ぎゅうにゅう》を配達《はいたつ》した。父さんも新聞配達《はいたつ》。ひと苦労《くろう》だったけれど、親子三人で暮《くら》せて、何より健康《けんこう》だったから、母に生んでくれたことを感謝《かんしゃ》している。丈夫《じょうぶ》だったのは野菜《やさい》がわりに野や山の物を食べたのと料理《りょうり》上手のおふくろのおかげ。今もありがたく思っている。お前たちも、ほんとうに元気に生まれ、育ってよかった。健康《けんこう》でさえいれば、努力《どりょく》したら、世の中、何とかなる」

お父さんは、明るく笑《わら》った。

歩未《あゆみ》は胸《むね》がいっぱいになりうなずいた。

しばらくたったある日。

お父さんは咳《せ》き込《こ》むようになり、床《とこ》についてしまった。

医者の診断《しんだん》で、過労《かろう》とわかり、肺《はい》がおかされているのがわかった。小さな会社勤《づと》めだったから何も保証《ほしょう》されず、仕事は辞《や》めざるを得《え》なかった。

地方の、空気のいい療養所《りょうようじょ》を兼《か》ねた病院へ入院するときまった日。

「歩未《あゆみ》。がんばってくれよ。お前は元気だ。お母さんとヒロをたのむ。しばらくお父さんは家を留守《るす》にするからな。病気が治《なお》るまでの辛抱《しんぼう》だ」

緊張《きんちょう》してうなずく歩未《あゆみ》の肩《かた》を、お父さんがたたいた。

「汗《あせ》まみれになって、働《はたら》いてくれたのに、よりによって肺病《はいびょう》だなんてひどい。それにしても冷《つめ》たい会社だね。ほんの少しの退職金《たいしょくきん》だなんて！」

お母さんは、沈《しず》んだ顔でうなだれた。


一年がまたたく間に過《す》ぎ、一九六五年になっても、お父さんは入院したままだった。

歩未《あゆみ》は五年生に、ヒロは五さいになった。

失業保険料《しつぎょうほけんりょう》も打ち切られて収入《しゅうにゅう》はなくなった。入院のため、多額《たがく》の借金《しゃっきん》をしたから、食事はメニューをへらし、ろくにおやつのない日が続《つづ》いた。

お父さんの結核菌《けっかくきん》がうつるからと、歩未《あゆみ》とヒロの見舞《みま》いを許《ゆる》してくれない。歩未《あゆみ》は寂《さび》しくてたまらなかった。

物価《ぶっか》も値上《ねあ》がりして、米、豆類《まめるい》に、醤油《しょうゆ》、豆腐《とうふ》、牛乳《ぎゅうにゅう》も値段《ねだん》が上がった。

カラーテレビを売った。カラーテレビは世の中に出まわっていたので、大したお金にはならなかったけれど、その場しのぎにはなった。

五さいのヒロをクローバー保育園《ほいくえん》に預《あず》けて、お母さんは、アルバイトで六時間、コトブキストアーで働《はたら》きだした。そんなことが続《つづ》いたある夕暮《ゆうぐ》れ。

「何としても、家だけは、守らなければ……」

お母さんが、どんより曇《くも》る空をにらみながらつぶやく。その必死《ひっし》な顔を見た歩未《あゆみ》は、きっちりヒロを面倒見《めんどうみ》ようと決心した。

2. チョコレートがほしい

歩未《あゆみ》は、今日、うわばきを買いに行くと思うとうれしくて張《は》り切《き》った。古いうわばきは、もう、きつくてはけなくなっていて、やっともらえた四百円だ。玄関《げんかん》のひき戸に手をかけたとき、路地の奥《おく》から、弟をからかう大きな声がした。

「おい！　ヒロ。このチョコ、ほしいだろう。『ワン』って言えよ。言えばやるよ」

歩未《あゆみ》の木戸にかけた手がかたまった。からだ中が怒《いか》りで熱《あつ》くなった。いつも、自分の家が立派《りっぱ》だと鼻にかけている、同級生の佐藤茂《さとうしげる》の声だ。

「へーえ、いらんのかぁ、やせがまんしやがってよう」

歩未《あゆみ》はピンクのブラウスに、茶のスカートをひるがえして、声のする路地の裏《うら》へと走りだした。

太った茂《しげる》が、板チョコをヒロの目の前でふっては、見せびらかしている。

茂《しげる》の胸《むね》までもないヒロが、チョコレートの動きにつれて、手を伸《の》ばして飛《と》びついている。

歩未《あゆみ》はすばやく二人の間に立ち、ヒロを背《せ》にかばった。

「茂《しげる》。ひどいじゃないの！　また、ヒロをからかって。何が面白《おもしろ》いのよ！」

茂《しげる》はへらへら笑《わら》っている。

歩未《あゆみ》は頭ひとつ大きい茂《しげる》にむかい、胸《むね》をはって、にらみすえた。

「ヘッヘヘヘ。面白《おもしろ》れえ。面白《おもしろ》くてしょうがねぇよ。このクソババア！」

歩未《あゆみ》は茂《しげる》の胸《むね》を思いきり強く押《お》した。色白の顔がまっ赤《か》になった。ひたいに汗《あせ》をにじませ、くいつきそうな目を茂《しげる》から離《はな》さない。

茂《しげる》は、たじたじとなって、あとずさりする。

「な、なんだよう！　女のくせして、おまえ、鬼《おに》だよ。真《ま》っ赤《か》っかの猿《さる》のけつ」

歩未《あゆみ》は両足を開き、目をそらせないで、にらみ続《つづ》けた。

しばらくして、茂《しげる》はチェッ！　と舌打《したう》ちすると帰って行った。

「ヒロ。あんな奴《やつ》のあいてになっちゃやだめだよ。さ、おいで」

歩未《あゆみ》は、ヒロの泣《な》き顔《がお》をハンカチでぬぐって手をとった。路地《ろじ》のつきあたりの大通りまで、ひきずるようにして走り出た。胸《むね》の激《はげ》しい動悸《どうき》をこらえ、ヒロの前へしゃがみこむ。

「ヒロ。いい子だから、他人《ひと》のものをほしがるんじゃないよ。いつもお母さんが言っているでしょ。わかるよねぇ」

涙《なみだ》があふれた。

ヒロは泣《な》きじゃくった。

まわりにはだれもいない。自動車が行《い》き交《か》っているだけだ。

歩未《あゆみ》はくやしいのと、はずかしいので、胸《むね》がはりさけそうだ。

「ぼく、チョコ、ほしい。茂《しげる》ちゃんがくれるって言ったよ」

「バカ！」

（からかわれているのがわからないの。これで、なんどめ……）

ヒロの顔は、汗《あせ》と涙《なみだ》でぐっちゃりしている。保育園児《ほいくえんじ》だもの、まだわからなくてもしかたがないか。私《わたし》だって、たまらなくお父さんを思い出し、チョコレートが食べたくなる。あっ！　ヒロが板チョコをほしがるのはお父さんを思うからかも知れない。無理《むり》もない。お父さんが恋《こい》しいのだろう。

茂《しげる》のお母さんは、家を出て行ったという噂《うわさ》がある。きっと、そのうさばらしかも知れないが、小さい子にすることじゃない！　ゆるせない。お父さんさえ元気でいてくれたらなぁ。

お母さんが働《はたら》きだす前あたりから、大好《だいす》きなカレーも、肉のかわりにチクワになった。八百屋さんで、ただでもらえる大根の葉が味噌《みそ》いためやゴマ和《あ》え、おひたしと、毎日料理《りょうり》法《ほう》を変《か》えては食卓《しょくたく》に並《なら》んでいる。ときにはサンマ、アジの干物一枚《ひものいちまい》を三人で食べた。どんなにねだっても、チョコレートなんか買ってもらえない。

「姉ちゃん、ぼく、チョコが食べたいよう」

ヒロが涙目《なみだ》で歩未《あゆみ》を見上げる。

歩未《あゆみ》は身につまされ、自分の手の中の百円玉四つをじっと見つめた。

朝、うわばきを買うために、お母さんから渡《わた》されたものだ。眼《め》がきらっと光った。

二人は、駄菓子《だがし》屋の吉田《よしだ》屋さんの店の前に立った。入るのがためらわれる。店の前を行ったり来《き》たりしているうちに、ヒロが目を輝《かが》やかせて店の中へ入った。

歩未《あゆみ》はつられるようにして、あとをついて店の中へ。

どうしたわけだろう、今日に限《かぎ》って、店番のおじいさんがいない。

吉田《よしだ》屋さんの台の上には、セロファンに包《つつ》まれた七色のせんべい。マンガの絵のついたチョコレート。ガム。瓶《びん》の中には五色の大きな飴玉《あめだま》。三角の色とりどりのハッカ。ポップコーンや、エビセン、ノシイカ、ポテトチップスの袋《ふくろ》。ビスケットの箱。板のチョコレート。ほしいものがいっぱい買えそうだ。見ているうちに歩未《あゆみ》はわくわくしてきた。

「どれにしようか、どれがいいかなあ」

いろいろ手にとっては、匂《にお》いをかいでみた。ほほがずんずん熱《あつ》くなる。

ヒロはと見ると、茂《しげる》に見せつけられた板のチョコレートをいじりまわしている。やっぱり、あのチョコレートにしよう。

2. チョコレートがほしい

ヒロの手からチョコレートをうけとると、

「チョコレートをちょうだいなぁ」

大声で店の奥《おく》へむかって声をかけた。静《しず》まりかえっているガラス戸の奥《おく》。

小首をかしげ、裏口《うらぐち》へまわった。

「おじいさあん。チョコレートをください」

まわりをみまわしたが返事がない。もう一度、声をかけようとしたとき、のどがかたくなり声が出なくなった。店へ戻《もど》って、板のチョコレートを台へ返す。

だれも見ていないよ、新しいうわばきだってほしいじゃん。ヒロにも板チョコが……頭の中がまっ白になった。ふるえる手がポケットの中へ板のチョコレートをすべりこませた。

顔がひきつる。落ちつかなくちゃ、ヒロに気づかれないためにも……。どうきが激《はげ》しくなり顔がほてってくる。

次の瞬間《しゅんかん》、緊張《きんちょう》してあたりをうかがっていた。変《へん》につっぱった足をやっと動かすと、ぎこちない足どりで店先に出た。

「おじいさんいないから、またにしようね」

むくれたヒロの顔を無視《むし》して、らんぼうに手をとる。

「かえろう」

かすれ声で言うと店の外へ出た。と、もうこわくて、足が自然《しぜん》に早くなる。胸《むね》がはりさけそうに痛《いた》い。走り出した。足ががくがくして気がつくと、ヒロの手を離《はな》してつっぱしっていた。足が宙《ちゅう》でからまわりし、たよりない。あえぎながらあつくもない日なのに、全身に汗《あせ》びっしょり。

五分ほどして、ここまで来《く》れば大丈夫《だいじょうぶ》と思ったとき、だれかの足音が追って来《く》る気配がした。足がもつれそうになる。足音は次第《しだい》に近づいて、背中《せなか》に針《はり》をうちこまれるようにせまってきた。

歩未《あゆみ》のからだは、とりはだが立ち、まぶたがけいれんした。と、背《せ》に手がかかった。つかまれた肩《かた》のあたりが焼《や》きごてをあてられたように熱《あつ》い。

「歩未《あゆみ》」

おじいさんの声ではなかった。

耳をうたぐった。ひざががくがくするのをこらえて首をやっととまわす。と、同級生の増《ま》田彩花《だあやか》だった。あたりへ目を走らす。おじいさんの姿《すがた》はない。肩《かた》の力が抜《ぬ》けた。

「さっきから、ずっと追って来《き》たのよ」

彩花《あやか》がみけんにしわをよせ、きつい眼《め》をしている。

チョコレートをとるところを見られていたかもしれない。どうしよう。

歩未《あゆみ》は白く光って見える彩花《あやか》の顔がまともに見られない。皆《みな》の話題になるテレビの話題を避《さ》けてくれ、義理堅《ぎりがた》くその仲間《なかま》に入らないでいるたったひとりの大事な友だち。ドロボウしたのを知られてしまったらどうしよう。からだの血がひき、じき、熱《あつ》くなった。

とぼけるのよ。とぼけ通すのよ。頭のすみで、すかさずあの声がした。気づいたとき、彩花《あやか》をうかがっていた。

うしろでは、光を失《うしな》ったお日さまがゆらいでいる。

「ヒロちゃんをおっぽらかして、走ったりして、なんか、あったの?」

歩未《あゆみ》は自分の心を見透《みす》かされまいと、身構《みがま》えた。

「お母さんが事故《じこ》にでもあったの?」

「ち、ちがう。ガスをつけっぱなしで家を出たの、思い出したものだから」

自分でもおどろくようなウソが口をついて出た。

「じゃあ、急いだ方がいい。ヒロちゃんは、あとから私《わたし》が連《つ》れてってあげるから。安心してね。交通事故《じこ》にあったら危《あぶ》ないから」

「……………」

「それに、約束《やくそく》のマンガの本をもって来《き》たの。見かけたから、ずっと追って来《き》たけど……。早く、火事にならないうちに先に行って」

「ありがとう」

今日はマンガの発売の日なのだ。借《か》りる約束《やくそく》だったっけ。

「何をぼやっとしているの。火事になるといけないから、早く走っていった方がいいよ」

うながされるまま、しばりつけられた犬が、とき放されたように、前のめりにかけた。

ヒロにチョコレートを食べさせてあげられる思いが頭をよぎった。

大通りを抜《ぬ》け、路地へ入るとすぐに松《まつ》のそびえている自分の家が見えた。ヒワの垣根《かきね》を入り、歩未《あゆみ》は首にぶらさげた鍵《かぎ》で、戸を開けた。玄関《げんかん》を抜《ぬ》け、奥《おく》の八畳《じょう》の部屋に入ると座《ざ》敷《しき》の中央へへたりこむ。不安《ふあん》が高まる。

次から次へとウソをついた自分が、おぞましくていたたまれない。

激《はげ》しく雲が流れて行く。風に揺《ゆ》れてお父さんの植えたバラの匂《にお》いがした。涙《なみだ》がにじんだ。

しばらくして、彩花《あやか》がヒロをつれて、やって来《き》てくれた。

「火事になってなくてよかったね。またね、マンガ、この中に入っているから」

彩花《あやか》は用があるからと、紙袋《かみぶくろ》を渡《わた》してくれると、すぐに帰って行った。

歩未《あゆみ》はほっとする一方で、自分の言葉を信《しん》じている彩花《あやか》に、恥《は》ずかしくてやりきれなかった。

3. 小川のほとり

家にいても落ちつかなくて、だれもいない近くの小川へ行くことにした。マンガの本の入った紙袋《かみぶくろ》を持って、ヒロを連《つ》れて家を出た。

途中《とちゅう》、すれちがう人の眼《め》が気になる。うつむいて歩く。「あの子、万引きしたのよ」「警《けい》察《さつ》行きよ」そんなささやきが頭の中でこだまして離《はな》れない。

歩未《あゆみ》は身ぶるいしながら、ひたいの冷《ひ》や汗《あせ》を手でぬぐった。服のポケットへしのばせたチョコレートを指で押《お》さえると、汗《あせ》ばんだ手の平がつっぱる。左手で弟のやわらかい手を強くにぎりしめた。

「痛《いた》いよう。姉ちゃん、どこへ行くの」

「あっごめん、痛《いた》かった？　これから小川へ連《つ》れてってあげる」

「うわぁい。いいなあ。あとで、チョコ買ってくれるの？」

「チョコはもらったから、もう、買わないでいいの」

「ふーん、すぐちょうだい」

「小川へ行ったらね」

「うれちい」

二人はバス通りを横切って、小川のある西の方へ足を進めると、大きなケヤキの前へ出た。右へ折《お》れると、道幅《みちはば》は急にせばまり下《くだ》り坂になった。じゃがいも畑を越《こ》えると、左側《ひだりがわ》は草深い空地だ。むっとする草いきれの中へ踏《ふ》み込《こ》んだ。

ヒロがはしゃいでいるせいで、気持ちが少し軽くなった。それに、だれとも出会わなかったせいもある。

小川へついた。チロチロと音をたてて川面《かわも》に光がおどっていた。小川の岸へ二人はすっぽりすわりこむ。靴《くつ》をぬぎ、流れの中へ足をいれるとほてったからだが気持ちいい。ほほえみあった。

「ヒロ、約束《やくそく》のチョコだよ」

ヒロはチョコレートを受けとると、銀紙の上から匂《にお》いをかいでいる。

「ぼく、これ、ほしかったの。お父ちゃんがよくくれたのと同じだもんね」

喉《のど》がなっている。うたがっているようすはまったくない。

ほっとひと息をつき、ひんやりする草の上にあおむけになった。マンガを開いた。

「ほっぺたがおちそう。ぼくのからだ、空へ浮《う》きあがっていきそうだぁ。姉ちゃんも食べな」

ヒロがチョコレートのひとかけら歩未《あゆみ》の口へねじこんできた。こんなときでさえ、チョコレートが甘《あま》くおいしく感じられて驚《おどろ》いた。鼻の頭がつーんとして眼《め》がしらがあつくなった。

どのマンガを見ても、話の筋《すじ》さえ、頭へ入ってこない。マンガを読んで、ケタケタ笑《わら》っていた私《わたし》はどこへ行ってしまったのだろう。

寂《さび》しくなってのろのろと起き上がった、小川の水で手をごしごし洗《あら》う。洗《あら》っても、洗《あら》っても自分の手がきたない気がした。

急に雲が出て空がかげった。

「茂《しげる》ちゃんに、見せびらかしてやろうっと」

ヒロが、明るく大声で笑《わら》った。チョコレートを半分残《のこ》して、胸《むね》のポケットへしまった。

「見せびらかすって、恥《は》ずかしいことだよ。バカのすることだよ」

「じゃ、茂《しげる》ちゃんはバカなんだぁ」

ヒロは肩《かた》をゆすってクックククッと笑《わら》う。

私《わたし》は偉《えら》そうに、茂《しげる》はバカでも私《わたし》のようにドロボウじゃない。胸《むね》が苦しくなり、顔を両手でおおった。

お母さんに万引きしたと知れたら、どうしよう。たたかれるか、家を出されるかもしれない。お父さん、二人を守るどころか、とんでもないことをしてしまった、助けてー。不安《ふあん》は不安《ふあん》を呼《よ》んでせつなくなった。正直者のお父さんの顔がちらついた。よけいいたたまれなくなった。あっ、うわばきを買うのにもらった四百円の金があった。早くチョコレートを吉田屋《よしだ》さんへ返しに行こう。

歩未《あゆみ》はヒロを連《つ》れて、学校へと急いだ。


学校の時計は三時半。下校時間までには少し時間がある。

校庭ではドッジボールをしている子らの歓声《かんせい》がうわぁんと広がっている。

遠くに同級生の背《せ》の高い大川清《おおかわきよし》の姿《すがた》が、眼《め》に飛《と》び込《こ》んできた。と、そのとき、小柄《こがら》だけど、がっちりした体格《たいかく》の木田敏之《きだとしゆき》が走《はし》り寄《よ》って行った。

「おーい、ひょうろくだまぁ*。やるじゃないか、僕《ぼく》もまぜろよ」

あたりに大声がひびいた。

＊ひょうろくだま……まぬけの人をあざけって言うことば。

清《きよし》はけんめいにサッカーボールを蹴《け》り、ヘディングに熱中《ねっちゅう》している。からだ中汗《あせ》まみれだ。なぜ、あんなにキラキラした眼《め》で夢中《むちゅう》になれるのだろう。私《わたし》も何か打《う》ち込《こ》めるものがあったらなぁ。ふと、やりきれなくさびしくなった。

近寄《ちかよ》った敏之《としゆき》が清《きよし》の肩《かた》をたたき、うなずきあいながら、二人して仲間《なかま》の中へと入って行った。

歩未《あゆみ》は自分とは別世界《べっせかい》の遠い出来事を見ているようで、うらやましくて顔をそむけた。

「ヒロ。姉ちゃんは、用を思い出したから、あそこで遊んでいてね」

「うん」

ヒロはブランコをめざして走り去った。

歩未《あゆみ》は素早《すばや》く校舎《こうしゃ》の裏《うら》へとまわり、ごみ捨《す》て場《ば》へかけよった。だれも近くにいないのをたしかめる。今日、学校でうわばきを持って帰るのが面倒《めんどう》だと、捨《す》てていた同級生がいたのを思い出したからだ。ほかにもあるかも知れない。あまりいたんでなくて、はけるのがありますように……。

ごみ箱の中へ頭をつっこんで、やっと三足、見つけだし、足を入れた。

「やったぁ。洗《あら》えばはけそう」

歩未《あゆみ》は小さくつぶやくと、あわててまわりに眼《め》をくばりながら、のこりのをごみ箱へ投《な》げ込《こ》む。そして、ぶかぶかのピンクのブラウスの胸《むね》のあたりへうわばきをかくし、左手でおさえた。

学校の門前の菓子屋《かし》で、ぬすんだのと同じ板のチョコレートを買う。五十円だった。急いで吉田屋《よしだ》さんへと走り続《つづ》けた。あまりにあわてたせいか五十円玉を落としてしまった。あー、なんてバカなんだろう。ついてない！　どっと汗《あせ》がふき出た。どうか、また、吉田屋《よしだ》のおじいさんがいませんように……。

店の前へ立つと裏《うら》の方で、おじいさんが立ち話をしている声がする。

ちょっとためらったが、急いで、店の中へとびこみ、板のチョコレートを台へもどした。

と、うしろから、

「何に、するね」

おじいさん。

「あ、またにします」

「なんだよ、ひやかしかい」

にがにがしい笑《わら》いを浮《う》かべたおじいさんは、あからさまにいやな顔をした。

「こんどは、どれにするかきめてから……」

歩未《あゆみ》はやっとかすれた声でいう。すると、店番のおじいさんはいじわるい眼《め》つきで、

「あれ？　なんか、ぬすんだだろ。服の中の物を出しなさい。わかっているのだから」

と、すごみのある声になった。

びびって押《お》さえていた左手の力がぬける。汚《よご》れたうわばきが足もとに落ちた。

「なんだ、店の物じゃなかったのかい。そんな物を服の中へ入れたりしているから、まぎらわしい。袋《ふくろ》をやるからそれを入れてきな」

とってつけたような声で言った。

「ゆだんもすきもないんだよ。この間も盗《ぬす》んだやつを警察《けいさつ》につきだしてやった。毎晩《まいばん》、在《ざい》庫《こ》を調べているのだけど見落としがある」

おじいさんが深いためいきをついた。

歩未《あゆみ》はぞわっとした。背中《せなか》に冷《ひ》や汗《あせ》が流れる。おそるおそる袋《ふくろ》を受けとって、うわばきを入れた。

「すみませんでした」

チョコレートをとったことも同時に心の中でわびて、深く頭をさげた。

吉田屋《よしだ》さんを出ると、学校へ飛《と》ぶようにしてもどった。ヒロがブランコにあきたのだろう、砂遊《すなあそ》びをしている。

歩未《あゆみ》がヒロに近づいて手をとると、ヒロは不思議《ふしぎ》そうな顔から笑顔《えがお》に変《かわ》った。もう清《きよし》の姿《すがた》はない。夕方になると清《きよし》は熱心《ねっしん》だから、いつものように家のそばの塀《へい》を相手に、パスの練習をしているという噂《うわさ》を思い出した。

なぜかほっとする。

「ヒロ。帰るよ」

弟に呼《よ》びかけた。

4．うわばきを食べたヒロ

歩未《あゆみ》はヒロの手をとって家の前へ着いた。

一輪車《いちりんしゃ》に乗った茂《しげる》が、

「いいだろう。父さんがこれも買ってくれたんだ」

胸《むね》をそらせての自慢顔《じまんがお》。鼻の穴《あな》がぴくぴくしている。

「見せびらかすのはバカなんだぞう。ほら、チョコレートはあるもんね」

ヒロは食べかけのチョコレートを、茂《しげる》にふって見せつけている。

「お前の家、自転車なんか買えないだろうよ」

茂《しげる》はとくいげに胸《むね》をそらせたひょうしにたおれた。

「アッハハハハ、いい気味」

歩未《あゆみ》は胸《むね》がスカッとした。思わず、お母さんに出ていかれたことを言ってやろうかと、思ったけれど、やめた。万引したとき、味わったあとあじのわるい嫌《いや》な思いをするに違《ちが》いないと思ったから。父親からどんなにいい物を買ってもらっても、お母さんに出て行かれた茂《しげる》の心は、おだやかであるはずもない気がした。

「ヒロ、チョコ、食べちゃいな」

ヒロは、チョコレートをほおばると、にこっとしてほほをたたき茂《しげる》に見せつけていた。

「おかえり、歩未《あゆみ》。買ったうわばきを持っておいで。名前を書いてあげるから」

庭にまわり縁側《えんがわ》へ足をかけたとたん、台所から明るいお母さんの声がした。

帰ってないと思っていたのに……。

歩未《あゆみ》は廊下《ろうか》にかけた足をふみはずして、うろたえた。五十円を落としたとも、チョコレートを買ってしまったとも言えない。ましてぬすんだなんて。左へ右へうろうろしていると、エプロンで手をふきながら、お母さんがやって来《き》た。

ヒロはせわしなくお母さんと歩未《あゆみ》を交互《こうご》に見つめる。顔がこわばっている。

お母さんがけげんそうに二人を見た。

「どうかしたの?」

歩未《あゆみ》がうつむいてもじもじした。

「返事をしなさい」

お母さんの大声によけいどぎまぎして、やっとの思いでつぶやいた。

「あ、あのう、お金、落として、買えなかったの……」

「エッ! いくら、落としたの?」

歩未《あゆみ》は手の平を開いて、汗《あせ》でぐっしょりぬれた残《のこ》りの三つの百円玉を見せた。

「しょうがないわねぇ。全部落としたのかと思って、ひやっとしたわ」

「ごめんなさい。その替《か》わり、うわばきは買ってくれなくていい。拾って来《き》たから」

「どこから?」

「学校のごみ箱から」

お母さんはうすよごれたうわばきを手にとると、だまって見ていた。

歩未《あゆみ》は胸《むね》が苦しくなってきた。

「歩未《あゆみ》、これからはもうそんなさもしいことしてはいけません」


その夜、夕食にカレーライスがでた。

タンポポの葉のおひたしもそえてあった。

居間《いま》では、ヒロだけが、今日のことがなんでもなかったように、はしゃいでいる。

「＊内職《ないしょく》のお金でチクワのかわりに、肉入りのカレーにしたのよ。たまにはと思ってね。落としたお金のことは気にしないでいいよ」

＊内職……家でできる仕事。工場やお店などからの仕事をしてお金を得ること。

お母さんのやさしさがかえって胸《むね》につきささる。自分を信《しん》じてくれていると思ったら、カレーがのどにつまりせきこんだ。

お母さんが背中《せなか》をなでてくれる。

歩未《あゆみ》は心の中で『ごめんなさい』となんどもあやまった。秘密《ひみつ》ができたのは、つらい。

はじめてだ。

その夜、居間《いま》でお母さんの脇《わき》へすわりこんで、はじめて内職《ないしょく》の手伝《てつだ》いをした。

女の人が頭にかぶる黒いネット作りだ。小さな黒いバラの花びらを六つつけて、銀色の芯《しん》をとめる仕事は、思ったより根気がいった。ひたいに汗《あせ》がにじんだ。

「歩未《あゆみ》は器用《きよう》だね。お父さんに似《に》たのかな。手伝《てつだ》ってくれるほど育ったかと思ったら、母さんもうれしい」

歩未《あゆみ》がチョコレートをとったのを知らないから、お母さんが優《やさ》しいと目がしらが熱《あつ》くなった。お父さん助けて……。なんであんなことをしてしまったのか……。お父さんにも恥《は》ずかしい思いをさせてしまう。悲しむだろうどうしたらいいだろう。

「あんまりがんばりすぎないでね。つかれるから、ほどほどにね」

お母さんがねぎらってくれる。

（これをかぶる人って、どんな人だろう）

バサついたお母さんの髪《かみ》へ眼《め》をやりながら、いつの日か、お母さんにも買ってあげようと思った。

「これ、一つ作ると、いくらになるの?」

「二円よ」

「エッ! そんなに安いの」

「そうよ、でも、元気なとき、お父さんが言っていたように、わたしたちはからだが丈夫《じょうぶ》でしょ。だから、幸せ。母さんがね、もし弱かったら、やっていけない。わかるよね。からだの弱い人は働《はたら》きたくても働《はたら》けないの。そういう人も世の中にはいっぱいいる。お父さんもね。早く退院《たいいん》して来《く》るといいねぇ。わたしたちのことを心にかけてくれているから、心配をかけないようにしよう」

お母さんのしみじみした表情《ひょうじょう》を見て、よけい歩未《あゆみ》は罪深《つみぶか》さを感じた。

これからは内職《ないしょく》を手伝《てつだ》って、ヒロにも、たまにはチョコレートを買ってやりたいと思った。そのとき、となりの八畳《じょう》の部屋から、ヒロの寝息《ねいき》と共《とも》に寝言《ねごと》が聞こえてきた。

「ぼく、うわばき、食べちゃったぁ。チョコ、あぁ、おいしかった」

歩未《あゆみ》はびくっとした。ほんとうのことが今の寝言《ねごと》でわかってしまう。おどおどした眼《め》で、お母さんの顔色をうかがう。

お母さんが鋭《するど》い目でじろりと歩未《あゆみ》をみすえた。顔が真っ青。ふるえだす。じき、その眼《め》がぬれ、涙《なみだ》がほほを伝《つた》う。

歩未《あゆみ》はめまいがした。叱《しか》られるより辛《つら》い。涙《なみだ》があふれ出た。

「歩未《あゆみ》。あったことをちゃんと話をして。かくしごとは許《ゆる》しません」

母の鋭《するど》い声に、歩未《あゆみ》はこらえきれず、すべてをおそるおそる話をして、泣《な》きくずれた。

吉田屋《よしだ》さんの店は灯《あか》りがついていて、まだ開いていた。

「すいません」

お母さんがかたい声でいう。

店番のおじいさんが眠《ねむ》そうな顔を上げた。

「娘《むすめ》がおたくの板チョコレートをとり、あとで返したというのですけれど……。申《もう》し訳《わけ》ありませんでした」

深々とあやまるお母さんのうしろで、

「ごめんなさい。ゆるしてください」

と、歩未《あゆみ》も泣《な》きながら、あやまった。

吉田屋《よしだや》さんのおじいさんが、しばらく歩未《あゆみ》を見つめていたがそばへ来《き》て、頭に手を置《お》くと顔をのぞき込《こ》んできた。

「うわばきのせいだろ。な、どうも、変《へん》だとは思っていたよ。でも、夜、在庫《ざいこ》を調べたら、品数は合っていた。返しに来《き》たのか。そうだったのか。もう、泣《な》かなくていいよ。万引きが悪いことだとわかったのだな。よくお母さんに言えたね。よく謝《あやま》りに来《き》た。もう、二度としないよな。だが、わしの眼《め》をごまかしたことに変《か》わりはない。罰《ばつ》として警察《けいさつ》には言わないかわりに、あさってから、表通りの朝のそうじを十五日間してもらおう」

次の日の朝。目覚《めざ》めると枕元《まくらもと》にお母さんが洗《あら》って乾《かわ》かし、白のペンキで塗《ぬ》ったうわばきがあった。手紙が入っていた。

『歩未《あゆみ》へ
早朝の掃除《そうじ》のバイトへ行ってきます。うわばきが買えるまで、がまんをしててね。

ヒロには、豆乳《とうにゅう》とトーストをやって。お願《ねが》いします。吉田屋《よしだ》さんとの約束《やくそく》はきちんと
守るのですよ。

母より』

朝の陽《ひ》ざしが伸《の》びて、うわばきが輝《かがや》いて見えた。

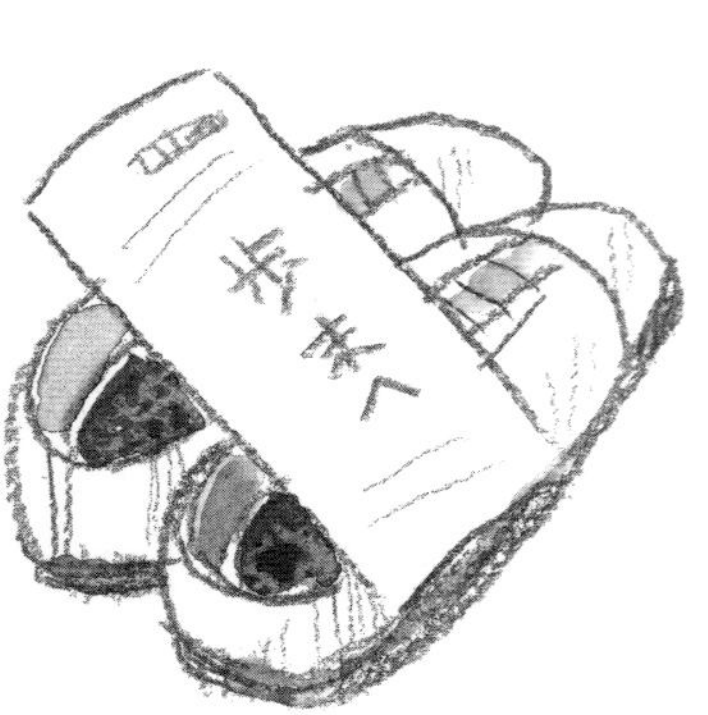

5. 思わぬ出来事

朝、空がぬけるように青かった。

歩未《あゆみ》は約束《やくそく》をした時間に、吉田《よしだ》屋さんの店へ行った。通りに面したガラス戸の前に、掃《そう》除《じ》用具一式が用意されてあった。店の前を掃除《そうじ》し終え、ひしゃくでバケツの水をまく。

「あっ！」

という声。いぶかった顔をした清《きよし》がいた。ズボンがぬれている。

歩未《あゆみ》は清《きよし》に淡《あわ》くあこがれているから、よりによってと、まっ青《さお》になった。

「ご、ごめんなさい」

清《きよし》が新聞を抱《かか》えた姿《すがた》が、幼《おさな》いころの貧《まず》しくて新聞配達《はいたつ》をしていたお父さんの姿《すがた》と重なった。

「お早う。水がかかったのは、気にしないでいい。じき、乾《かわ》くからね。それより、何で、ここの掃除《そうじ》をしているの？」

清《きよし》が首《くび》をかしげた。

「少しの間、この店のおじいさんに頼《たの》まれたの」

「そう、ぼくもがんばるから、がんばれよ」

清《きよし》は足早やに去って行った。

歩未《あゆみ》はほっとしたら、どっと疲《つか》れた。ふーうと深く息をつく。清《きよし》のさっきの姿《すがた》は、学校での彼《かれ》からは、想像《そうぞう》もつかなくて、とまどう。同時に心配にもなった。

「お早う」

次の日も、そして次の日も、清《きよし》は笑顔《えがお》で明るく声をかけてくれた。日を重ねるにつれて、互《たが》いにあいさつを交《かわ》すのが自然《しぜん》になった。

歩未《あゆみ》は好《す》きな清《きよし》に、隠《かく》しごとをしているのがだんだんとつらくなっていった。万引をしたと知れたら嫌《きら》われるだろうと気が滅入《めい》った。隠《かく》しおおせるものなら、そうしたい。とうとう最終日《さいしゅうび》の十五日目になった。その日は、たまたま学校の創立記念日《そうりつきねんび》で学校は休日だった。

歩未《あゆみ》はいつもより早めに店の掃除《そうじ》をやり終えた。清《きよし》と逢《あ》わずにすませたかったからだ。心の片隅《かたすみ》で、今日で万引したつぐない（罪《つみ》の）は終わったと思うと、少しホッともしていた。

吉田屋《よしだ》のおじいさんにあいさつをして帰ろうと、掃除《そうじ》用具をかたづけ、ガラス戸に手をかけた。と、うしろから肩《かた》をたたかれた。一瞬《いっしゅん》、からだがかたまった。ふりむくと清《きよし》だ。

「お早う。今日が終る日なの。ここで、もう、逢《あ》うこともない」

「そうか。さびしくなるなぁ。一度、掃除《そうじ》をやりだした理由《わけ》を聞きたいと思っていた。今日は創立記念日《そうりつきねんび》で学校も休みだし、聞く時間もある」

その言い方に、歩未《あゆみ》は何となくさからえない気持ちになったが、みずから話題を変《か》えた。

「私《わたし》も聞きたいことがあるの。なぜ、清《きよし》が新聞を配達《はいたつ》しているの？」

「ただ、サッカーをやり続《つづ》けたいからだよ」

「それと新聞配達《はいたつ》がどう結《むす》びつくのか、わかるように説明《せつめい》して」

「ぼくの新しいお母さんに弟が生まれてからいそがしいらしくて、汚《よご》れた服、自分で洗《あら》いなさいって言うんだ。だけど、うまく洗《あら》えないから、洗濯《せんたく》屋へ出すことにした。ま新しい気持ちにもなりたかったしね。それで費用《ひよう》をひねり出すためのバイト」

清《きよし》は口びるをかんで空へ眼《め》をやった。

「生んでくれたお母さんは？」

「あー、交通事故《じこ》で死んでしまったよ」

「ええ！　ひどいことを聞いてしまって、ごめんなさい」

しばし、歩未《あゆみ》は口を開くことが出来なかった。まずいことを口にしたと自分自身に腹《はら》をたてた。じっと下を向いてから、何か言わなくちゃと思って、話しだした。

「ごめん。知らなかった。つらいよね」

「いや、自分のしたいことのためだ。つらくない」

と、よどみなく語る眼《め》が輝《かがや》いている。

歩未《あゆみ》はびっくりし、感心もした。

「歩未《あゆみ》の方は？」

さらりと軽く言われたので、とっさに、嫌《きら》われても、真実を言うしかないと覚悟《かくご》をした。

「実は同級生の茂《しげる》に、弟のヒロが毎日のように板チョコを見せびらかされ続《つづ》けたの。ヒロは幼《おさな》いから、からかわれているのに、ほんとうにくれるとほしがってしまって……。それをつらくて見てられなかった。うちはお父さんが入院しているから、チョコなんて買えないの。思わず、この店の板チョコを万引きしてしまった。それが、とても苦しくてやりきれなくなって、別《べつ》の店で、お母さんに、うわばき用にもらったお金で同じのを買い、この店へ返したけど……。その夜。お母さんにばれて、あやまりに来《き》た結果《けっか》、罪《つみ》のつぐないとして、十五日間働《はたら》くことでゆるされたの。だれにも言わないで……お願《ねが》い」

うっすらと涙目《なみだ》で語り終わったとき、ガラス戸が開いた。吉田屋《よしだ》のおじいさんが眼《め》をしょぼつかせて顔を出した。

「なぜ、あの夜、今の話をしなかった。自分がほしくてか、スリルが味わいたくてとか、そういう子が多いので、てっきりそうと、わしは思《おも》い込《こ》んだ。あやまちをつぐなわせたいと思った。どうやら、事情《じじょう》はちがったようだな。そんなことだったら、あやまって、返したのだから、そんな厳《きび》しくはしなかったのに……」

歩未《あゆみ》は涙《なみだ》をこらえきれなかった。

「言わなかったのじゃなくて、言えなかったのでは？　おとなは聞く耳を持たないことが多いから。あやまって返したのに、罪《つみ》だからつぐなえって言ったのは、おじいさんでしょ」

清《きよし》がいつになくむきになりつめよった。日頃《ひごろ》の清《きよし》らしくないので、歩未《あゆみ》はおろおろし、袖《そで》をひっぱる。

「いいの。やめて。悪いのは私《わたし》なのだから」

「自分の欲望《よくぼう》に負けて、万引きする子は多い。でも、そんな事情《じじょう》だったら、私《わたし》は酷《こく》なことをした」

吉田《よしだ》屋のおじいさんは鼻の頭に汗《あせ》をかき、しきりと頭をかいている。

店の中へ入ったおじいさんは、桜色《さくらいろ》や空色、黄色と青の色とりどりの三角形のハッカをビニール袋《ぶくろ》に入れて、二人にさし出した。

「きめつけたおわびに、これ、食べてくれないか。それから、歩未《あゆみ》ちゃんとか言ったね。

これからは、もっと自分をたいせつにしなさい。それにしてもいい友《とも》だちがいてよかったね。君も自分のしたいことをするために新聞配達《はいたつ》をしているとか。感心したよ」

二人は顔を赤らめハッカの袋《ふくろ》を受けとった。

夕方近くなって、雨が降《ふ》り出した。家の中で、たいくつしているヒロを見かねて歩未《あゆみ》はボール投げにさそった

ボールが頭の上をとびかうと、ヒロの顔は明るくなった。二人で、キャラキャラ笑《わら》った。

「真面目《まじめ》に、ちゃんとつかんでよ」

歩未《あゆみ》はヒロに受けとれるようにボールをゆっくりと投げてやっているのにとりそこねる。

キャッキャッと飛《と》び跳《は》ねる。

「ヒロ。もっと静《しず》かにしてよ。お母さんに怒《おこ》られる」

口に人差《ひとさ》し指《ゆび》を立てあてた。ヒロの胸《むね》のあたりへボールをゆるく投げる。

「やったな！」

ヒロの投げかえしたボールをとりそこねた。

「あーぁ。姉ちゃんのへたくそ」

憎《にく》まれ口《ぐち》をたたく。

「あーぁ、ちゃんと投げているのだから、きっちりとってよ」

ふたたび投げ返してきたヒロのボールが勢《いきお》い余《あま》って、歩未《あゆみ》の頭上を越《こ》え居間《いま》のタンスの上へ乗ってしまった。

手を伸《の》ばしても届《とど》かない。はねあがってもだめ、ほうきを使ってもとれなかった。

「姉ちゃん、早くう」

ヒロがじれったそうにせかす。

歩未《あゆみ》は、タンスの一番下の引出しをひき、足をかけ上へ昇《のぼ》ろうとした。なんと中身がない。からっぽなのだ。その上の引き出しも。たいせつにしていた歩未《あゆみ》の入学式に着たお気に入りのお母さんのピンクの着物も見あたらない。ぼうぜんとした。しばらくして、やっと、おかずに着物が化け（替《かわ》った）たんだと心に落ちた。それほど、家計が大変《たいへん》なんだ、とはじめて気づいた。

何か自分に出来ることはないだろうか？

胸《むね》があつくなった。

「どうしたの」

「眼《め》にごみが入ったみたい」

「眼薬《めぐすり》をさがそう」

ヒロが別《べつ》の部屋へと出ていった。

歩未《あゆみ》がヒロのとしにはお父さんも元気で、わがままも言えた。けれども今日は、子どもたちに、現実《げんじつ》を知らせまいとしたお母さんを知った。

「もう眼《め》は大丈夫《だいじょうぶ》。ヒロ。薬はいらないよ。それから、家の中でのボール投げはやめようよ。叱《しか》られるからね」

「ボール投げをしようって言ったのは、姉ちゃんじゃないか」

「電球にあたって割《わ》れたらと、今、気づいたのよ。けがする前でよかった」

ヒロはむっとした顔になった。

「悪い悪い。姉ちゃんどうかした。ごめん。アホやわぁ」

と、おどける。

「姉ちゃんのアホ。フフ」

「ヒロ、おもちゃで遊ぶといいよ」

ヒロはおもちゃ箱をひっくりかえして、自動車をいつものように並《なら》べて、ひとり遊びをはじめた。

6. 空《そら》おばさんがやってきた

夕食が終ったとき、玄関《げんかん》のあく音がした。
歩未《あゆみ》とヒロが走り出る。
「こんばんは。おひさしぶり。歩未《あゆみ》もヒロも元気そうね。来《き》たかいがあった」
空《そら》おばさんは居間《いま》へ入った。
お母さんが「どうぞ」と掘《ほり》ゴタツのわきの座布団《ざぶとん》をさしだす。
空《そら》おばさんはすわってひと口茶を飲んでから、語り出した。

「今日、お父さんの所へ見舞《みま》いに行って来《き》た帰りなのよ。だいぶお父さんは顔色がよくなっていたよ。入院して一年以上《いじょう》もたってしまったね。歩未《あゆみ》もヒロもさびしいでしょうに。よく頑張《がんば》っている」

二人の頭をなでる。

ヒロが身をのり出してにこっとする。

歩未《あゆみ》は万引きしたチョコのことを知られたくなくて、心配でお母さんの顔へ視線《しせん》を向けた。

かすかにうなずくお母さんに、ほっとする。

「夫《おっと》も喜《よろこ》んだでしょう。お姉さんが好《す》きだから。私《わたし》はたまにしか……気にはなるけどなかなか行けていません」

空《そら》おばさんが軽くうなずく。

「純《じゅん》も、家のことが気になってしかたがないらしい。気をもんでもどうにもならないのにね。失業保険《しつぎょうほけん》も、もう、打ち切られたでしょう。今、恵子《けいこ》さん、暮《く》らしの方どうなっているの？」

「早朝、掃除《そうじ》のバイトをして、十時から、スーパーで働《はたら》いています。それに、夜、内職《ないしょく》をしています。どうしても、やっと手に入れた家と土地を手離《てばな》したくなくて、がんばっています」

「よくわかる。大変《たいへん》ねぇ。からだが持てばいいけど、あまり無理《むり》すると、純《じゅん》ちゃんの二《に》の舞《ま》いよ。あら！　テレビがあるって、あの子が言っていたけど、居間《いま》じゃないの？」

空《そら》おばさんはまわりへ眼《め》をやった。

「あのう。てばなしました。保育園《ほいくえん》へヒロはやりたいし、背《せ》に腹《はら》は変《か》えられませんから」

「まあ！」

しばし、空《そら》おばさんは歩未《あゆみ》とヒロを見つめた。

「恵子《けいこ》さん、人間って、そう強いものじゃないって、純《じゅん》でわかったでしょ。今のままじゃどこかへ、無理《むり》が出る。それを純《じゅん》も心配をしていた。自分のからだ以上《いじょう》にね。気が気でないらしい。それじゃ、治《なお》るものも治《なお》らないわよ」

「ご心配かけてすみません。お義姉《ねえ》さん。私《わたし》は借金《しゃっきん》をこれ以上《いじょう》ふやすまいと、ただその一念《いちねん》で頭がいっぱいで余裕《よゆう》をなくしていて……」

「無理《むり》ないけど、何とかしないとね」

「それでも、今日は、歩未《あゆみ》の学校の創立記念日《そうりつきねんび》なので、久方《ひさかた》ぶりにお菓子《かし》で祝《いわ》ってやりたくて作りました。乾燥《かんそう》したパンのミミを油で揚《あ》げ、砂糖《さとう》をまぶしたものですけど、食べてくださる？　カリントウみたいな味ですけど」

「よろこんで。ありがたいわ。皆《みな》で食べましょう」

「うわーい！」

ヒロの眼《め》が輝《かがや》き、声がはじける。

立ち上がったお母さんは台所から、お盆《ぼん》に揚《あ》げたパンのミミをたくさん盛《も》った皿を持って来《き》て、テーブルの上に置《お》いた。

あたりになごやかな雰囲気《ふんいき》がただよう。

「いっぱいあるから、たんとおあがり。ありがたいことに、近くの店でサンドイッチにした残《のこ》りのパンのミミをただでくれるのです」

「そーお、よかったじゃないの。もう一杯《いっぱい》、お茶いただける？」

「はい」

四人はカリントウに似《に》た味のパンのミミを口にすると、目じりがさがった。笑顔《えがお》がよみがえった。

ヒロのくちのまわりに砂糖《さとう》がいっぱいついている。歩未《あゆみ》は歯ざわりと味を楽しんだ。

久《ひさ》しぶりになごやかな雰囲気《ふんいき》になった。

空《そら》おばさんは手さげからさいふをとり出した。

「恵子《けいこ》さん、やはりテレビはあった方がいい。今は総《そう》テレビ時代よ。第一、子供《こども》たちがクラスの話題についていけなくなる。かわいそう。子供《こども》にはつらいのよ」

お母さんがうなだれる。

歩未《あゆみ》は、空《そら》おばさんが自分らの気持ちをわかってくれていると知った。

「がまんというか、忍耐《にんたい》もたいせつ。でも、昔と今は、少し違《ちが》う。テレビを見れば、恵子《けいこ》さん自身、あなたの気持ちにも、もう少し、ゆとりというか余裕《よゆう》が出来る気がするのよ」

「それは……」

「私。テレビなら白黒をリースでだけど支払《しはら》える。買い上げて届《とど》けるから、たまには楽しみなさい。息ぬきもたいせつ。見ていると疲《つか》れもとれるから」

「お義姉《ねえ》さん。甘《あま》えちゃっていいのですか？」

「いいわよ。姉なら当然《とうぜん》のこと。カラーでなくてごめんね。帰って来《き》たらカラーテレビはお父さんにおねだりなさい。かえってお父さんのはげみにもなるから」

「すみません。ありがとうございます。助かります。かならず、お金、お返しします」

「いいの。私《わたし》には子どもがいないから、歩未《あゆみ》やヒロへのプレゼント。二人ともお父さんのいない間、がんばるのよ」

歩未《あゆみ》とヒロは、両手を高くあげてはねる。

「おばさんやお父さんにはお兄さんがいたの。養子《ようし》に出されていて、昭和二十年三月十日の東京大空襲《くうしゅう》で焼《や》け死《し》んでしまった。まっくろこげでね……。どんな理由があっても、戦《せん》争《そう》はしてはいけない。戦争《せんそう》は恐《おそ》ろしい。何でも話し合ってきめていかないと」

皆がうなずく。

「戦争《せんそう》なんて大きらいよ。兄は何も悪いことしてなかったのに死んだ。戦争《せんそう》で死んでしまう子らは、今も、世界中にいっぱいいる。つみもないのに殺《ころ》されている。兄さんとは大きくなったら助け合う約束《やくそく》になっていた。くやしいの。絶対《ぜったい》に戦争《せんそう》はゆるせない！　歩未《あゆみ》、わかる、子のない私《わたし》のゆいごんよ、たのむね。学校でも教えている子供《こども》らに伝《つた》えているの」

お母さんはしっかと空《そら》おばさんの手を両手でにぎりしめる。

「幼《おさな》いころ、純《じゅん》も私《わたし》も、貧《まず》しさに耐《た》えて来《き》た。今、万分の一ぐらいは私《わたし》もあなたたちの荷を背負《せお》いたい。三人ともくじけないでね」

お母さんが空《そら》おばさんのひざをゆすった。その眼《め》はぬれていた。

「おばさん、ありがとう」

歩未《あゆみ》もヒロも声をはりあげる、すると、空《そら》おばさんは静《しず》かに語りだした。

「もう、おとうさんには話をしたけど、借金《しゃっきん》の肩《かた》がわりを半分したい。そうしないと、荷が重くて治《なお》る病気も治《なお》らない。純《じゅん》も気をもむからね」

「ご心配かけます。何とか、そちらの方はかならずお返しします」

「少しずつでいいの。それも、余裕《よゆう》が出てからでいい。銀行の方へは私《わたし》が純《じゅん》から委任状《いにんじょう》をもらってきているから、交渉《こうしょう》しに行って来《く》る。恵子《けいこ》さん、これからが、ふんばりどころよ。言いたいことを話せて、わかってもらえてよかった」

お母さんの眼《め》から涙《なみだ》がこぼれた。

「私《わたし》は苦学して働《はたら》きながら、小学校の教員になった。月日はかかったけど、今、こうやって弟の役に立てている。それなりの収入《しゅうにゅう》もあるし、主人も教員だから、返すのはあせらずにね」

歩未《あゆみ》は空《そら》おばさんの話で、はっとした。板チョコは私《わたし》の弟への気持ちにはちがいないけど、その場しのぎのものでしかなかったと気づかされた。同時に、つぐなえたことも心の底《そこ》からうれしくなった。ヒロの『うわばきを食べた』といった寝言《ねごと》が思い出されたが、結《けっ》果的《かてき》に自分の心の弱さと気づき反省《はんせい》した。いつの日か、空《そら》おばさんのような人になりたいと思った。

笑顔《えがお》を残《のこ》して、空《そら》おばさんは帰って行った。

翌月《よくげつ》の第一日曜日。

空《そら》おばさんはふたたびやって来《き》た。

電気屋さんが、白黒テレビをすえつけて行ってくれた。

ヒロと歩未《あゆみ》は胸《むね》をときめかせ満面《まんめん》の笑顔《えがお》。

お母さんが笑《わら》いながら、二人に言った。

「あなたたち、歌、マンガ、ニュースの他《ほか》は、電気代がかかるから、あまり見ないようにね」

二人がにこやかにうなずく。

そばの空《そら》おばさんも笑顔《えがお》。

「恵子《けいこ》さん、純《じゅん》の借金《しゃっきん》の方は銀行とうまく話もついたから、心配しないでいいわ」

「ありがとうございます」

空《そら》おばさんが、風呂敷《ふろしき》を開くと中から、油、砂糖《さとう》が出て来《き》た。

「これ、役に立つと思う。また、庭のユキノシタもたくさん生えているから、テンプラにするのもいい。けっこうおいしいわよ」

「あら、あれ、食べられるのですか。都会育ちで知らなかった。ありがとうございます」

「ときにはヨモギのゴマ和《あ》えも悪くないわ」

空《そら》おばさんが手さげから、大学いもをとり出すと、甘《あま》い匂《にお》いにヒロの顔が輝《かが》やいた。

6. 空おばさんがやってきた

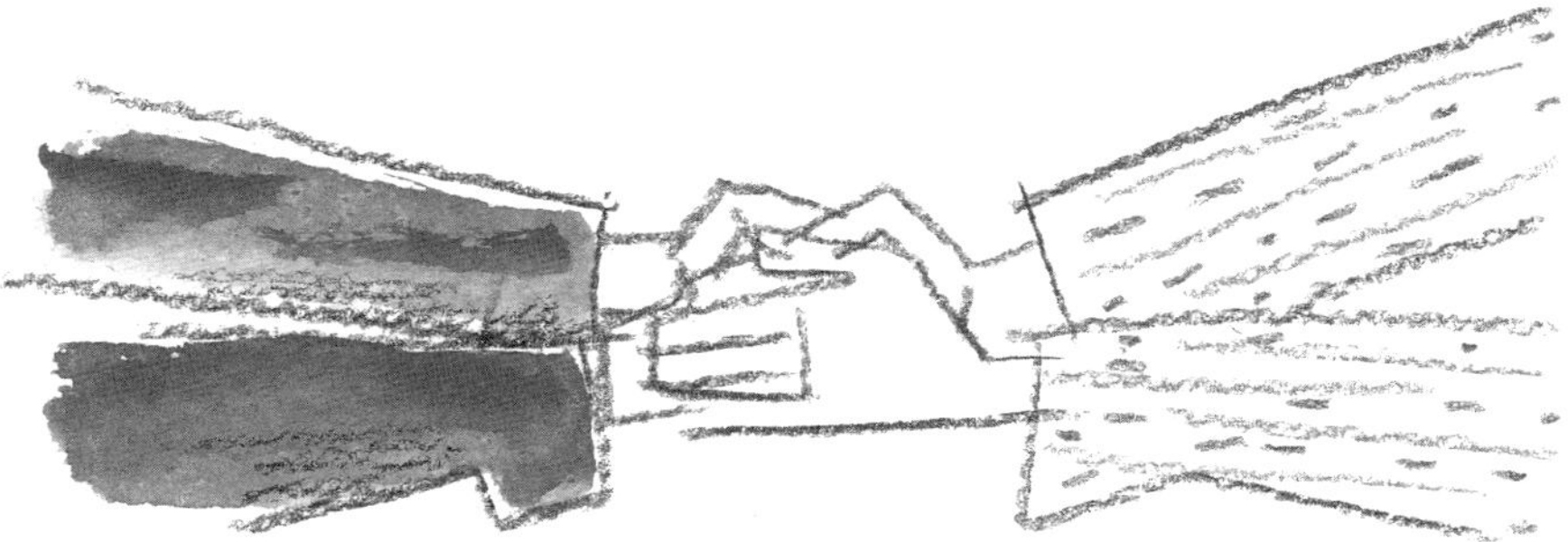

「おいしい!」

歩未《あゆみ》とヒロ。

しばらく、テレビを見ているうちに、お母さんの顔も、ほころんだ。

「恵子《けいこ》さん、若《わか》いからってゆだんはきんもつ。よくよくからだには気をつけてね、ヒロたちもね」

空《そら》おばさんは明るい雰囲気《ふんいき》を残《のこ》して、そそくさと帰った。

7. 善行寺《ぜんこうじ》川

歩未《あゆみ》が教室に近づくと、あけられた窓《まど》から、茂《しげる》のかんだかい声がした。

「歩未《あゆみ》って、プールで上手に泳げるからって、得意《とくい》になっているけど、ほんとうは川が怖《こわ》いんだぞ。弱虫なんだ。知っているかい？」

廊下《ろうか》の戸の脇《わき》へ身をよせた歩未《あゆみ》は顔を赤らめて、立ちつくし、耳をそばだてる。

「そんなはずないよ。証拠《しょうこ》ある？」

彩花《あやか》のいらっとした声がする。

「この間の林間学校のとき、みんなで川原行ってすいはんをしていたろう、役目で歩未《あゆみ》と二人して、たきぎを拾い終え、手をひっぱって川っぷちへ走りよったらよう。ふるえだしてさ、まっ青《さお》な顔してさぁ」

「うそよ。ありえない。歩未《あゆみ》は、青三《あおさん》じゃあないの。こわいはずがない！」

彩花《あやか》の大きな声がひびいて来《き》た。

この学校では、下から赤、黒、青線と三段《だん》級がある。青三とは、三百メーター泳げる印《しるし》だ。その上に、ＡＢＣとタイムをきそうランクがある。青三以上《いじょう》が、クラスの五分の一をしめている。

プール大会で、いつもえばっている茂《しげる》が上級の青三に合格《ごうかく》しなかったので、皆《みな》につられて歩未《あゆみ》も大笑《おおわら》いした。それを、根にもっていたのをあらためて知った。

歩未《あゆみ》は聞かなかったふりをして、教室へ入った。中ほどの自分の席《せき》までなにごともなかったように歩いてみせる。背中《せなか》に視線《しせん》をあびながら、ぎこちなく手を動かして、帰り仕度《じたく》をととのえた。

教室には、半数ぐらいのクラスの人たちが、あちらこちらに固《かた》まってはひそひそとささやき合っている。

歩未《あゆみ》は小さいとき、おぼれたことがあるから川が怖《こわ》い。おぼれないと川の怖《こわ》さはわからないと思う。皆《みな》に隠《かく》していたのにバレバレだ。どう言ってごまかそうか。こわばった手から、本がぽろっと床《ゆか》に落ちた。あわてて拾い集める。

今まで、クラスの人に、川遊びだなんてと、かっこうをつけて見せかけてきた手前、ほんとうのことが知られたら笑《わら》いものになる。どうしよう。ただでも無視《むし》されているのに。

変《へん》に渇《かわ》いたのどへ、つばをのみこんで、落ちつこうとあせる。前の出口から帰ろうとしたとき、うしろから、ランドセルが押《おさ》えられた。ふりむくと、茂《しげる》が眼《め》をとがらせていた。

「逃《に》げる気かよ」

「何のこと？　わけもないのに、言いがかりをつけないでよ。急ぐの、放してよ」

茂《しげる》の手によけい力が入った。

「川が怖《こわ》いのだろ。弱虫のくせに恰好《かっこう》をつけやがって。へん、偉《えら》そうに大きな顔するな」

「あ、あのときは、かぜをひいて……」

歩未《あゆみ》は緊張《きんちょう》のあまり口をすべらせてしまう。

「ふるえたのだけは、認《みと》めるな」

茂《しげる》が鼻の穴《あな》をふくらませて笑《わら》っている。

歩未《あゆみ》は、言い返そうとあせった。と、頭の中に、日ごろ、茂《しげる》にいじめられているヒロの顔が浮《うか》び、言葉につまった。茂《しげる》をにらんだ。こんな奴《やつ》のために万引きまでした。いくら弟が可哀《かわい》そうでいたたまれなくなったからって……。私《わたし》は弱い。恥《は》ずかしい。お母さんが、「二人だけの秘密《ひみつ》よ。お父さんに心配かけないためにも」と言ってくれたけど、私《わたし》は親不《おやふ》孝《こう》者だ。あの日まではどうにか胸《むね》を張《は》ってこられたのにと、また、心がゆれた。そのとき、彩花《あやか》が走りより、二人の間に割《わ》って入った。

歩未《あゆみ》を背《せ》にかばうようにして、

「茂《しげる》。やめなさいよ。歩未《あゆみ》がふるえたのは、かぜだったのよ。歩未《あゆみ》がプールで、茂《しげる》に負けたことある？　ないじゃないの」

大きな眼《め》をりんとさせて言いきった。

「お前まで、だまされているんだぞ。わからないのかよう。お前も、笑《わら》い者になるぜ。それでいいのか」

彩花《あやか》はむっとした顔で、しばらく茂《しげる》にするどい眼《め》をむけにらんでいたが、歩未《あゆみ》に向き直った。

「こうまで言われて、ひっこむことないわよ。証拠《しょうこ》を見せてやろうよ。今度の日曜日。善《ぜん》行寺川《こうじ》へ魚を捕《と》りに行こう」

彩花《あやか》が歩未《あゆみ》に同意を求《もと》める。

「いいねぇ。見せてもらおうじゃあないの」

とくいげに茂《しげる》が目をつりあげた。

善行寺川《ぜんこうじ》は学校から八分のところにある。

「いいよ」

歩未《あゆみ》はかすれた声でやっと言った。

帰りがけ昇降口《しょうこうぐち》で、借《か》りた本を彩花《あやか》に返すと、にっこりして受けとってくれた。

「あら、うわばき。きれいね」

「うれしい。お母さんが内職仲間《ないしょくなかま》の佐田《さだ》のおばさんからもらった塗料《とりょう》で白く塗《ぬ》ってくれたの」

ほっとして笑《わら》う。

「よかったねぇ。じゃ、バレエのあとは、塾《じゅく》もあるから、またね」

彩花《あやか》は靴《くつ》をつっかけて、足どりも軽く走り去った。

いよいよ約束《やくそく》の日曜日になった。

歩未《あゆみ》の気持ちは重くなるばかりだ。あのあと、学校で彩花《あやか》に言われた。

「ヒロちゃんをつれて来《こ》ないでね、自由に遊べないもの。足でまといになる」

歩未《あゆみ》は成《な》り行《ゆ》きでうなずいてしまったのだ。

今日は、お母さんがお父さんの見舞《みま》いに行って留守《るす》だから、急にヒロの面倒《めんどう》を見なくちゃならなくなったと告《つ》げれば、なんとかわかってくれるかもしれない。でも、彩花《あやか》の言う通り、ヒロにいられると確《たし》かに自由ってわけにはいかない……。自由に遊びたいのも心をよぎった。廊下沿《ろうかぞ》いの奥《おく》の八畳《じょう》で、仰向《あおむ》けに寝転《ねころ》びながら天井《てんじょう》をにらんだ。いくら考えても結論《けつろん》は出ない。どちらにするにしても、家には電話がないから約束《やくそく》した場所で言うしかない……と考えていると、万引きしてしまったことがまたも浮《う》かんだ。寂《さび》しさがおそっ時間はどんどん過《す》ぎていき、ヒロは昼になっても帰って来《こ》なかった。

「こんなときに限《かぎ》って、ヒロったら」

八畳《じょう》で寝《ね》ころんで、ふたたび天井《てんじょう》をにらむ。

「やっぱり川は怖《こわ》いな。ヒロを探《さが》して、はっきりと断《こと》わってこよう。お母さんにも心配をかけたくないし……」

佐田《さだ》のおばさんの家へ行ってみることにして、外へ出た。

照《て》りつける太陽《たいよう》にまで、腹《はら》が立つ。学校とは、反対方向の角を左へ折《お》れて大通りに出た。

ヒロがいますように。

吉田《よしだ》屋さんの前に差《さ》し掛《か》かっていた。下を向いてその前をかけぬける。

自分の気持ちを静《しず》めようとすると、こんどは、まっくらやみにひきずりこまれ、おぼれたときのあの恐怖《きょうふ》がよみがえった。

歩未《あゆみ》は地面をにらんで、足を早めた。

やっと、五年生で泳げるようになった。プールは足元がしっかりしているけど、川は流れもあるし、つかまるところもない。すべりやすいうえに、頼《たよ》りにする先生だっていない。

ギ、ギイーッ、ブブゥ、ブォゥといきなり、すごい音がした。

歩未《あゆみ》が顔を上げると、目の前に大きなトラックがあった。いつの間にか、通りのまん中に出ていたのである。

グレーの服を着た男の人が、トラックから身を乗りだしてどなった。

「バカヤロウ、どこを見てるんだ。ひかれたいのかよ!!」

歩未《あゆみ》は、まっ青《さお》になった。ひざがガクガクして、動こうにも動けない。思うようにならない足をやっと運んで、道のわきへたどりついた。トラックにむかって、深く頭をさげた。

『ごめんなさい』といったつもりだが、喉《のど》がひりついて声にはならなかった。

トラックはエンジンをふかすと、走り去って行った。

あとになってこわくなり、はげしいふるえが歩未《あゆみ》をおそった。

「何か、あったのかい？　どうしたの。まっ青《さお》な顔してさあ」

はっとして見上げると、佐田《さだ》のおばさんがのぞきこんでいた。手には、買《か》い物袋《ものぶくろ》をさげている。どうやら佐田《さだ》のおばさんは、さっきのトラックのときには、いなかったらしい。不思議《ふしぎ》そうな顔をしている。

「お、おばさん、ヒロが家にいないの。どこへ行ったか知りませんか?」

「おやまあ、ヒロちゃんのことかい。心配ないよ。うちの吉行《よしゆき》といっしょに、お昼を食べてから、仕事ついでのおじさんと軽トラックで出かけて行ったよ」

「そう、それならいいの。おばさんの家からもらったとりょうで、お母さんがうわばきをぬってくれたの。友《とも》だちにほめられた。うれしかったぁ。ありがとう」

「そうかい。それはよかった」

「今、何時ですか?」

「一時半を、少し、まわっているよ」

おばさんは、腕時計《うでどけい》をのぞいて言った。

ずいぶん、長いこと、ぼけっとしていた。

「わたし、急ぎの用があるので失礼《しつれい》します」

歩未《あゆみ》は頭をさげて、今、来《き》た道へとかけ戻《もど》り、約束《やくそく》の場所へ向かった。おかっぱ頭が激《はげ》

しくゆれた。

歩末《あゆみ》が、横断《おうだん》歩道を越《こ》えてイチョウの下で彩花《あやか》に追いつくと、どうきりだしたものか、迷《まよ》いながら、彩花《あやか》の紺地《こんじ》にスヌーピーの絵のTシャツと空色の短パンに見とれた。いやだぁ。私《わたし》。まよっていて、昼《ひる》ご飯《はん》も食べずに、着替《きが》えも、しないで来《き》ちゃった。

「あら、お気に入りの青い服ね」

歩末《あゆみ》は急に恥《はず》かしくなって、口をつぐむ。

「清《きよし》にも、来《き》てもらったからね」

彩花《あやか》はうきうきして、はしゃいでいる。

「ええっ！　あののっぽのひょうろくだま[*31頁]まで。あ、たよりにならないわ……」

「なにを言っているの。清《きよし》は歩末《あゆみ》を気づかって来《き》てくれるのよ。幼《おさな》なじみなので、わたし、よく、知っているの。彼《かれ》、気がいいんだぁ」

「そう」

平静《へいせい》をよそおって見せたが、冷静《れいせい》でいられるか不安《ふあん》で、口の中ににがいものがこみあげた。網《あみ》を手渡《てわた》される。

清《きよし》がはつらつとした声でいった。

「いいときに行けるね。おとといは雨だったろう。今日あたりが魚とりには、ぜっこうの日よりだよ」

「さすがぁ、やったぁってとこよね。日ごろの行《おこな》いがいいから」

彩花《あやか》は笑《わら》ってから、肩《かた》をすくめて、照《て》れた。

まずいときって重なるものだ。きっと、川の水も多いに違《ちが》いない。冷静でいられるか自信がない。

善行寺《ぜんこうじ》川の入り口近くには、にやにやした茂《しげる》が待っていた。そばに、自転車が置《お》いてある。

歩未《あゆみ》は、茂《しげる》と眼《め》があうと、小さい鼻を上へ向け顔をそむけた。

四人が少し坂を下《くだ》ると、男の子たちは、先に走って行き太い葉桜《はざくら》の下から、声をかけてきた。

「早く、来《こ》いよう」

指さす方には、甘《あま》い香《かお》りをはなった白い花のアベリアが垣根《かきね》のように連《つら》なっている。川はそのうしろにある。

清《きよし》が手招《てまね》きしている。

彩花《あやか》と追いつくと、

「女の子の前だからって、いやに、格好《かっこう》をつけやがって」

茂《しげる》が清《きよし》に向かって、あごをしゃくりあげ、チェッと舌《した》うちをした。

清《きよし》がとぼけ顔で歩未《あゆみ》と彩花《あやか》に、

「先に行こう」

と顔で示《しめ》した。

「おれをじゃまにしやがるな！」

茂《しげる》が清《きよし》に向かってむくれ面《づら》になった。

「じゃ。ついてこいよ」

四人が、あまく香《かお》るアベリアをわけ入ると、眼《め》の前に、幅《はば》五メートルほどの川が広がっていた。

川は左手へゆるくカーブしていた。水面はにごり、思ったより、ゆるやかに流れている。向こう岸から、若木《わかぎ》のケヤキ、ミズナラや桜の枝《えだ》が川へはりだして、続《つづ》いている。手前の岸辺《きしべ》から坂になっていて水際《みずぎわ》までは、一メートルぐらいだ。川べりには、カシ、ミズナラ、ヤナギ、桜などが続《つづ》き、川へ枝《えだ》をせり出している。

「やっぱり、今日は、とれそうだ」

清《きよし》が眼《め》をかがやかせて、川を見つめている。

並《なら》んで立った歩未《あゆみ》は、川面《かわも》を見ているうちに、めまいをおこしそうになった。今にも、水がせりあがり、飲まれてしまいそうだ。あわてて、両手でひざがしらをつかんで、足をふんばった。

怖《こわ》いなんて思っちゃだめ。怖《こわ》くない。怖《こわ》くないと自分に言い聞かせる。ぎゅっと眼《め》をとじ、ふたたび、川面《かわも》をにらみすえた。あー、ヒロを連《つ》れて来《こ》ないでよかった。

「こんなところで、ぐずぐずしていたら、陽《ひ》が暮《く》れらぁ。でっかいやつを逃《に》がしちゃうぜ。早く川をくだろうぜ」

茂《しげる》の眼《め》には、川をにらんでいる歩未《あゆみ》の姿《すがた》が、魚をさがしているように、うつったらしい。

やがて、茂《しげる》と清《きよし》は、川辺沿《かわべぞ》いに道を曲って姿《すがた》を消した。

歩未《あゆみ》は、はりつめたからだの力を抜《ぬ》き、一歩うしろにさがると小さなといきをついた。

「いやあね。男の子って。せっかちだから、私《わたし》たちはゆっくりと行こう」

彩花《あやか》が、歩未《あゆみ》に眼《め》くばせをした。

8. 川の中

歩未《あゆみ》と彩花《あやか》は川べりの並木道《なみきみち》をぬけると、川しもへ向かってゆっくり歩いた。急に、光を浴《あ》びたせいか眼《め》がちかちかし、額《ひたい》に汗《あせ》がにじむ。後方《こうほう》から、幼《おさな》い男の子の声が聞こえてきた。

「うわあい、いる。いる」

「あっ、そっちだよう。そこへ行ったよう」

歩未《あゆみ》の足がすくむ。

「まさか、ヒロたちじゃあ?」

来《き》た道を戻《もど》ってアベリアの方へ行きかける。

走《はし》り寄《よ》った彩花《あやか》がその手を強くつかみ、ひきもどす。

「ほっときなさいよ。茂《しげる》に、逃《に》げたと思われたら、くやしいじゃないの。おくびょうものって鼻先で笑《わら》われるよ」

「だって、ヒロらしいのよ。ほっとけない」

「それって、歩未《あゆみ》、心配し過《す》ぎよ。あそこらあたりは、もしヒロちゃんだとしてもよ。川ぞいは浅《あさ》いし心配ない。それに川の水、にごっているからこわがる。大丈夫《だいじょうぶ》よ。さ、歩未《あゆみ》、先を急ごう」

男の子たちのいる川岸に着いた。

川の中から、茂《しげる》が二人を見上げてからかう。

「遅《おそ》いから逃《に》げだして、もう、来《こ》ないと思ったぜ。女は、意気地《いくじ》なしだからな」

彩花《あやか》が舌《した》を出して見せてから、歩未《あゆみ》に向かってウインクした。太陽がじりじりと肌《はだ》をやく。

歩未《あゆみ》が川をのぞきこむと、道から川岸まで坂になっていた。一メートルぐらいの高さだ。ふちに立つ茂《しげる》のひざ下までの水。この浅《あさ》さなら、心配ないかも。

彩花《あやか》が土手に生《は》えているボケの木につかまり、くだりだした。ひょい、ひょいと足を動かすたびに、右手の網《あみ》が生き物のように動いている。

歩未《あゆみ》もはだしになった。下流《かりゅう》に立つ彩花《あやか》をめざしてあとに続《つづ》いた。

「やーい、へっぴり腰《ごし》、落ちるぞ、落ちろ」

下から、茂《しげる》が大声ではやしたてる。

歩未《あゆみ》は、用心深く足を運ぶ。緊張《きんちょう》しているためだろう手の平が汗《あせ》ばんだ。今にも、ボケをつかんだ手がすべりそう。

やっと川の中に足を入れた。くるぶしまでにごった水につかると、水ごけですべりそうになる。背筋《せすじ》がぞくっとしたが、ゆっくりと手を土手から離《はな》しかける。

「へっへへへ、怖《こわ》いんだろう、汗《あせ》をびっしょりかいてらぁ。早く、白状《はくじょう》しろ！」

近くへやって来《き》て、茂《しげる》がにたにたした。

「ああ、あつい、あつい」

歩未《あゆみ》は土手に左手をかけたまま、網《あみ》を持った右手の甲《こう》で汗《あせ》をぬぐった。

そのとき、清《きよし》がはずんだ声で、手前の岸の桜の根元を指さして声をかけてきた。

「ほれ、上流のあそこをごらんよ。桜の木がつき出ているだろ。その下、注意して見ると、流れがよどんで見えるだろう。あそこらに魚がいるよ」

歩未《あゆみ》たちは桜の木の方へと、網《あみ》を片手《かたて》にそろりそろりと近づいて行った。

あー、来《き》てよかった。あんなに怖《こわ》かった川の中に立てている。清《きよし》や彩花《あやか》がそばにいてくれるおかげ。こんどは、茂《しげる》に負けない大きな魚をとりたいな。

歩未《あゆみ》は悩《なや》んでいたのも忘《わす》れて、うれしくてわくわくしてきた。ひとりでに、ほほがゆるみ、笑《わら》いがこぼれる。

そのとき、

「だれかきてぇ！　ヒロちゃんが流されたぁ」

泣《な》き叫《さけ》ぶ子どもの声がした。と、流れの向こうから、おぼれているヒロの、朝着ていった赤シャツが、小さく見えかくれしながら、流されてきた。

「ヒロっ！」

歩未《あゆみ》は、網《あみ》をほうりだして川へとびこんだ。流れに逆《さか》らって泳ぐ。思ったより中央は深く、流れも速い。必死《ひっし》にクロールで水を切る。と、どうしたはずみか、足が何かにひっかかって沈《しず》んだ。川沿《かわぞ》いにある木の根に足をとられたようだ。

歩未《あゆみ》はいやというほど水を飲み、もがいた。左足が動けない。胸《むね》が押《お》しつぶされるように痛《いた》い。頭の中で、弟の顔がぐるぐるまわっては消えた。じき、頭の中がからっぽになり、からだの力がぬけていった。

「もう、だめ」

どこからともなく、一、二、一、二と受け持ちの岩田先生の声が湧《わ》きあがるように聞こえて来《き》た。

次の瞬間《しゅんかん》、歩未《あゆみ》の自由な右足が、水底《みずそこ》をけりあげていた。するりと左足がぬけ、顔が水面に浮《う》き上《あ》がり息がつけた。じき、右手上方に赤シャツが見えた。ひき込《こ》まれるように伸《の》ばした手が、なんとかふれた。

（あっ、たすけられる）

右手でしっかとつかむと、勇気《ゆうき》が湧《わ》いた。両足で水をけった。必死《ひっし》に泳ぐ。しばらくすると、何かに引っかかったように先に進めなくなったが、歩末《あゆみ》はひっしに水をけり続《つづ》けた。川岸のつきだしたヤナギの根にぶつかっているのもわからないで……。

と、突然《とつぜん》、太い手によって、引《ひ》き揚《あ》げられた。土手にうつぶせにさせられると、水を吐《は》いた。どのぐらいたっただろう、もうろうとした顔をもたげた。

「ヒロっー」

と、あえぎつつ、弱々《よわよわ》しい声をだした。

「落ちついて、ほら、そばにいるよ」

歩末《あゆみ》の眼《め》に、黒い服の学生らしき人影《ひとかげ》がぼんやりと、そばをさししめす。顔をそちらへむけると、かすかにヒロらしい赤シャツの姿《すがた》が眼《め》にうつった。くたぁっとして顔をうつぶせにしている。

「安心していいよ。その子は水を飲んでいない。さ、それより、君、しっかりして……」

だんだんその姿《すがた》が遠のき、声もかすみ、ぼけていった。やがて、暗闇《くらやみ》につつまれた。

歩末《あゆみ》の頭に万引きした吉田《よしだ》屋のおじいさんの「何をする」という声と顔が突然迫《とつぜんせま》った。

お母さんの涙《なみだ》ぐんだ顔がフラッシュバックする。と、ヒロの顔がちらついては遠のいていく。どんなに手を伸《の》ばしても届《とど》かない……。「あっ！」と声を上げた。

うっすら歩未《あゆみ》の意識《いしき》がもどった。起き上がろうとするのだが、からだに力が入らない。頭のしんが重く、口の中がいやにあつい。そのうち、ほんのりと明るいものが見えてきた。それが、だんだんと形になり、障子《しょうじ》になった。そして、見覚《みおぼ》えのある古い洋服ダンスが、本棚《ほんだな》が横に見えた。やっと、自分の家の中だとわかった。小さく息がつけた。こちこちのからだが次第《しだい》に少し楽になる。

「よかったぁ。ようやく、気がついたのね」

枕元《まくらもと》から彩花《あやか》の声がした。泣《な》き笑《わら》いをしている。歩未《あゆみ》の口もとに、水差《みずさ》しを近づけてくれた。一口、水をふくむと生き返った心地《ここち》で息をはく。

彩花《あやか》の脇《わき》にあるランドセルを見て、不思議《ふしぎ》そうにしていると、

「歩未《あゆみ》は、一日中、眠《ねむ》り続《つづ》けていたのよ。今、学校の帰りなの。昨日《きのう》はごめんね」

「じゃあ、夢《ゆめ》じゃなかったの？　ヒロは？　ヒロはどこ？」

枕《まくら》もとから、ヒロのさかさの顔がのぞいた。

歩未《あゆみ》は、あふれる涙《なみだ》をぬぐおうともしないで、ヒロを見つめた。

「お母さんはね、水枕《みずまくら》の氷をとりに行っているから、すぐ、もどると思うよ。歩未《あゆみ》は微熱《びねつ》があるんだって」

まだはっきりしない頭で、彩花《あやか》に頷《うなず》き返す。

そのとき、玄関《げんかん》のあく音がした。

やがて、お母さんが清《きよし》をつれて入って来《き》た。歩未《あゆみ》の方を見ると、顔をほころばせた。

「気がついたの。よかったぁ。学生さんに助けを呼《よ》んでくれたのは、清君《きよし》よ」

鼻をすりあげたお母さんが、布団《ふとん》の脇《わき》へ腰《こし》をおろした。そして、氷枕《こおりまくら》をとりかえる。

彩花《あやか》が気をきかせて、清《きよし》に席《せき》をゆずり、うしろへさがった。

「ぼく、心配でさぁ、勉強もうわの空だった。アイスクリームを買って来《き》たよ。ひと口でもいい、食べてみないか」

歩未《あゆみ》は、清《きよし》のさしだしてくれるアイスクリームを口にすると、心地《ここち》よさがからだの芯《しん》までしみわたっていく。夢心地《ゆめごこち》になり、にっこりした。

清《きよし》の眼《め》がおだやかで、歩未《あゆみ》の不安《ふあん》を丸ごと受け入れているかのように思えた。

「まったく、清《きよし》ったら、いつだって、勉強なんて、うわの空のくせして、いやあだぁ、かっこつけて、クックク」

彩花《あやか》はちゃかして、清《きよし》の服をうしろからひっぱった。

「ま、まじめな話だよ」

清《きよし》が、まっかになって汗《あせ》をふいている。

「清《きよし》、ありがとう。私《わたし》、ひょうろくだま[*31頁]について来《こ》られても、たよりになるかなぁって、言ったけど、はずかしいわ。ごめんなさい」

「ひょうろくだま[*31頁]かい？　フフフフ、でも、いいさ。歩未《あゆみ》が、元気になったからね」

「なにを言われても、にぶいのか、こだわらないで、ぼさぁっとしているから、みんなからそんなあだながつけられるの。ごあいきょうよ」

彩花《あやか》が、くったくなく言ってのけた。

「そうか、まいった。それより、歩未《あゆみ》。あそこまで、よく泳ぎきったなぁ。あの学生さんもえらくほめていたよ。あの人が、近くの病院を知っていて、運《はこ》び込《こ》んでくれたんだ。助かったぁ。救急車《きゅうきゅうしゃ》としか頭に浮《う》かばず、ぼく、助けてーと叫《さけ》んだりしていて……。なっちゃいないよ。あの学生さんが病院へ連《つ》れてってくれたの、おぼえている？」

歩未《あゆみ》は、かぶりをふった。

「運が悪かったら死んでいたかもしれない。歩未《あゆみ》、わかっているの？　お父さんのいないときに」

きついお母さんの声が、涙《なみだ》交じりになった。

「おばさん、いくら、ほっとしたからって、そんなせめるようないい方はしないで」

彩花《あやか》が、わきから、身をのりだした。

「言いたくはなかったけどね。さそったのは、彩花《あやか》さん、あなただったのでしょ。それほど歩未《あゆみ》はあなたがたいせつだから」

お母さんが彩花《あやか》に見いっている。

「彩花《あやか》。ごめん。やめてよ、お母さん」

手を伸《の》ばして、枕元《まくらもと》のお母さんのひざをゆする。

「ヒロだって、歩未《あゆみ》がつれて行きさえしなかったら、こんなことにはなりませんでしたよ。あんなところ、行くはずもない」

お母さんが語気を強めた。

「ね、ねえちゃんたちが、悪いんじゃあないよう。ぼ、ぼく、吉行《よしゆき》ちゃんの……、おじちゃんの車で……。ほんとうはあそこへは行ったんだよう。ウエッ　ウウーエン」

せきを切ったようにヒロがうったえて、泣《な》いた。小刻《こきざ》みに震《ふる》えている。

「えっ、なんだって、ヒロ。なんであんなうそをついたの」

「だってぇ、お母さん。すぐ怒《おこ》るもの。怖《こわ》かったんだぁ……。姉ちゃんが、死んじゃいそうで、こわかったぁ」

お母さんは肩《かた》を落として、ためいきをつき、

「彩花《あやか》さん、いい過《す》ぎました。すみませんでしたね」

と、深く頭をさげた。

彩花《あやか》は、急にもじもじして、はずかしそうに話しだした。

「おばさん。私《わたし》には、ヒロちゃんをせめる資格《しかく》はないのです。川でも、あのとき、ただすくんで、声も出せなかったし……。それに、ヒロちゃんが、川にいるかもと心配していた歩未《あゆみ》を、むりに私《わたし》が仲間《なかま》の方へひっぱって行ったのです。すみませんでした」

彩花《あやか》が汗《あせ》をびっしょりかいて、頭をたれた。

私《わたし》だって、茂《しげる》を見返してやりたくて、夢中《むちゅう》だった。

お母さんが歩未《あゆみ》の額《ひたい》の汗《あせ》をぬぐってから、頭をなでて言った。

「日ごろからわたしが、川へ行くなって、きびしく言っていましたからね。歩未《あゆみ》は幼《おさな》いとき、危《あや》うくおぼれて死にそうになったことがあるのでね。まさか、川に行ったとは思ってもいなかった。ましてヒロまで同じ場所へ……。よくまあ、ヒロを助けてくれたね。歩未《あゆみ》。怖《こわ》かっただろうに。ありがとう」

もう、歩未《あゆみ》ははずかしくていたたまれなくなった。

「私《わたし》、そんな、いい子じゃあない。友《とも》だちだけで遊びたかったし、彩花《あやか》のせいでもないの、川の中でだって、ほんとうに運《うん》よくしがみついて泳いだら、それがヒロだった」

口に出してしまうと、急に、気持ちが楽になった。

夕方の柿色《かきいろ》のひざしが、部屋の中に明るくさしこんできた。

「歩未《あゆみ》、そこまで言わなくたっていいのに。それにくらべ、あの茂《しげる》の奴《やつ》！　あのとき、うわぁとわめいて、川の中へ入って歩いたなり、ビビっちゃって棒立《ぼうだ》ち。清《きよし》が頼《たの》んだのに、そのままかたまっちゃって」

歩未《あゆみ》はその話を聞きながら、無意識《むいしき》に弟を救《すく》えた不思議《ふしぎ》さと、見知らぬ学生さんに感謝《かんしゃ》した。清《きよし》がそばにいてくれたから、今の自分があるとしみじみ思った。

清《きよし》が口元に運び続《つづ》けるアイスクリームの味に、歩未《あゆみ》は夢心地《ゆめごこち》になっていた。

「茂《しげる》のやつが、原因《げんいん》なのに」

彩花《あやか》はぴりぴりしている。

「そう、いきりたつなよ。茂《しげる》だって、垣根《かきね》の所で、うろうろしていたよ。あいつも、心配していたんだ」

清《きよし》は、立ち上がって外へむかってどなった。

「歩未《あゆみ》が、元気になったぞう」

外の方から、バタバタと走り去る足音が聞こえてきた。

歩未《あゆみ》の周《まわ》りでは、和《なご》やかなほほえみがひろがっていった。

その夜遅《よるおそ》く、佐田《さだ》のおじさんがやってきた。玄関《げんかん》からガラガラ声が聞こえてきた。

「歩未《あゆみ》ちゃんの具合はどうですか？　私《わたし》がうちのとヒロちゃんを車においていったばっかりに、とんだことになってしまって……。申《もう》し訳《わけ》ありません。迎《むか》えに寄《よ》ったときにはもう……。早く、仕事が済《す》むと思い、あの子等には車の中にいるように言っておいたのです。すぐに、お詫《わ》びに来《く》るべきところをたて込《こ》んでて……すみませんでした」

「まあまあ、ていねいなごあいさつ、ありがとうございます。ご心配おかけしましたが、もう、大丈夫《だいじょうぶ》です。私《わたし》もほっとしているところです」

玄関《げんかん》の戸の閉《し》まる音がした。

やがて、お母さんが部屋へ入ってきた。

「佐田《さだ》のおじちゃんがお見舞《みま》いにカステラを持ってきてくれたの。皆《みな》でいただこうね」

お母さんの温かい目に、歩未《あゆみ》たちはうなずいたのだった。

9. 友だち

秋もなかばになった。

歩未《あゆみ》はお母さんにたのまれて、ひたすら内職《ないしょく》を手伝《てつだ》った。仕事の量《りょう》が増《ま》したからだ。家事でも力になろうとした。お父さんの病気のことも考えていたら、ほかへ気がまわらなくなっていった。

学校では、忘《わす》れ物《もの》がクラスワースト一位《い》になってしまった。そればかりではない。そばへ寄《よ》ると、彩花《あやか》までもがすうっと離《はな》れていってしまう。孤独《こどく》になった。お母さんは好《す》き。

でも、内職《ないしょく》を手伝《てつだ》ってつかれはてた末に、学校ではひとりぼっちになってしまうと、子どもにこんな思いをさせて、と気づかない母親になりたくない！　と思った。

はじめ、皆《みな》から忘《わす》れ物《もの》が多いから、さけられていると思ったが、心の余裕《よゆう》のないまま気づかずに、彩花《あやか》をきずつけてしまったのでは？　と思えてきた。心あたりも考えられないほど、疲《つか》れていたと気づく。よいことをするって大変《たいへん》だとしみじみ思った。

ある日の放課後《ほうかご》。ついに、たまらなくさびしくなって、勇気《ゆうき》を振《ふ》り絞《しぼ》ってたずねた。

「彩花《あやか》。わたし、あなたにひどいことをした？　変《へん》なことを言った？」

こころもち首をかしげて、彩花《あやか》の眼《め》をみつめる。

彩花《あやか》の顔がくもった。

「別《べつ》に」

しらっとした顔。

いっしゅん、とりつくしまがないと、あわてる。

「お願《ねが》いよ。教えて。怒《おこ》っているみたいに見える。悪いところは直すから、ほんとうのことを言ってよ」

彩花《あやか》が真剣《しんけん》な顔つきになった。

「歩未《あゆみ》、しらじらしいよ。秘密《ひみつ》を作って。何よ。今更《いまさら》。私《わたし》をこけにして！」

その勢《いきお》いにたじたじになった。でも、無視《むし》されるよりかはまだ救《すく》われると、自分に言い聞かせる。

彩花《あやか》の眼《め》がすわっていた。

「わたしさ。親友だと思って、何でもうちあけたのよ。なのに、歩未《あゆみ》はそうじゃなかった。それって裏切《うらぎ》りじゃない！　それで友だちと言える。もう、いや！　口もききたくない」

皆《みな》が興奮《こうふん》した大声の彩花《あやか》と、口をぽかんとあけている歩未《あゆみ》をじろじろ見ている。

歩未《あゆみ》はやっとひと言、ひと言に、願《ねが》いをこめて言った。

「こんどの第二土曜日。昼の習いものは休みでしょ。学校の裏《うら》の公園へお願《ねが》いだから来《き》て。三時に。噴水《ふんすい》の近くで待っている。悪気があって秘密《ひみつ》にしたわけじゃないの。わかってほしいの。聞いてほしいの」

彩花《あやか》がそっぽを向いて去って行く背《せ》に、歩未《あゆみ》はなおも呼《よ》びかける。

「ごめんね。来《き》てくれなくとも、私《わたし》、待っている」

第二土曜日の放課《ほうか》後。

歩未《あゆみ》が浮《う》かぬ気持ちで帰り仕度《じたく》を終えた。うしろから来《き》た彩花《あやか》が言った。

「今日、バレエの日。急ぐの」

さっさと前を通《とお》り過《す》ぎ、教室を出て行った。

第二土曜の午後は何もないはず。彩花《あやか》のそっけない態度《たいど》に絶望《ぜつぼう》した。

そして、歩未《あゆみ》は自分をふるい立たせ、帰り仕度《じたく》を整えた。何気なく窓《まど》の外へ眼《め》をやった。

校庭では、五、六年のサッカー選抜《せんばつ》チームが岩田《いわた》先生のもとで一、二、一、二と掛《か》け声《ごえ》を上げ、グランドをかけていた。集団《しゅうだん》の中に背《せ》の高い清《きよし》と、がっしりした敏之《としゆき》の姿《すがた》。

歩未《あゆみ》が校庭へ出ると集団《しゅうだん》が近くへまわってやって来《き》た。せいかんな顔つきの清《きよし》の顔には汗《あせ》が光って、りりしい。

歩未《あゆみ》は眼《め》が離《はな》せなくなって、サッカーチームが三周《しゅう》するのを、かたずをのんで見とれた。

集団《しゅうだん》が走り終えるとホイッスルがなり、二組にわかれ、たがいに挨拶《あいさつ》をかわす。

「さ、それぞれに練習をはじめること。気を抜《ぬ》くな！」

先生の号令《ごうれい》で皆《みな》がばらける。それぞれの持場《もちば（ポジション）》へついた。お互《たが》いにゴールを目指してドリブルし合う者。走ってはストップし、ターンを繰《く》り返《かえ》し練習する者。ボールを胸《むね》で受け止め、足元へ落とし蹴《け》ってゴールインをめざす者たち。それらを阻止《そし》する者。どの顔も光《ひかり》輝《かがや》いている。

見ている内に、歩未《あゆみ》は吸《す》いよせられるように、自然《しぜん》と清《きよし》の姿《すがた》を追っていた。ゴールのそばに立ち、こちらも二人一組になってヘディングを繰《く》り返《かえ》していた。真剣《しんけん》そのものだ。皆《みな》は汗《あせ》まみれでひとときも休まない。

どの選手《せんしゅ》もユニホームが汗《あせ》でからだに張《は》りついていた。瞬《またた》く間《ま》に時間は過《す》ぎて行く。

歩未《あゆみ》ははっと我《われ》に返った。

一生懸命《いっしょうけんめい》な姿《すがた》を見ていたせいか、さっきまでの重苦しい気分は吹《ふ》っ切《き》れていた。まだ見ていたい思いを断《た》ち切《き》って家路についた。

路地裏《ろじうら》へ入る手前の大通り迄《まで》来《き》たとき、歩未《あゆみ》は立ちすくんだ。ヒロが道路へ耳をつけて、はいつくばっていたからだ。今はまだ姿《すがた》を見せない遠方から走ってくる車の車種《しゃしゅ》を、その音で聞きわけているらしい。さすが車好《ず》きとは思うが、あぶなくてほっとけない。かけよった。

「だめ！　あぶない、やめな‼」

気がつくと、どなっていた。

ヒロを抱《だ》き起《おこ》した。まだぜいぜいと荒《あら》く胸《むね》がなっていた。肩《かた》が上下している。

「あっ！　姉ちゃん。じき、セダンが来《く》る」

道路の端《はし》へ手をひいてヒロをよせた。小形の軽トラックやセダンが近づいて来《く》るのが見えてきた。

ヒロの眼《め》がひときわ輝《かがや》いた。胸《むね》をはった。

「わかったけど、道路にさっきみたいに耳をつけて、はいつくばっていたら、車にはねられるよ。あぶないでしょ」

「あっ！　次はルノーとトラックだよ」

「姉ちゃんの言うことちゃんと聞きなさい。ちっともわかっていない。いやになる」

そばをセダンと軽トラックが走り去った。

じき、ルノーや、トラックも見えてきた。

歩未《あゆみ》は路地《ろじ》にヒロをひきずり込《こ》んだ。汗《あせ》をびっしょり。路地はし一んとしていた。

「ぼく、大きくなったら、もっと軽い音で走れるエンジンをつくってみたい」

お父さんはラジオから流れる曲をすぐおぼえて、ハーモニカで吹《ふ》いてみせるほど耳のいいのが似ている。

歩未《あゆみ》は目を輝《かがや》かせているヒロの、夢《ゆめ》をみれるのがうらやましい。

今のままで行くと、ヒロは夢《ゆめ》を叶《かな》える気がした。大きくなるに従《したが》って、夢《ゆめ》はふくらむだろう。だんだん夢が希望《きぼう》になり、行動にうつすようになる気がする。それにひきかえ、自分は、夢《ゆめ》らしいものがない。

彩花《あやか》には音楽があり、ピアノだけでなく、歌のレッスン、バレエにも通っている。

清《きよし》もサッカーにもえている。

とり残《のこ》されたような寂《さび》しさに胸《むね》がしめつけられた。

家に入ると、ヒロのことをお母さんに告《つ》げた。

「まあ!」

お母さんは、ヒロに向かってきつく大きな声で言った。

「ヒロ！ 耳のいいのはわかったから二度と道に耳をつけたりしてはいけません。姉ちゃんが運《うん》よく見つけてくれたからいいものの、交通事故《じこ》で死んだら、どうするの！」

ヒロはそのいきおいに押《お》されて、しょんぼりし、うなだれた。

「歩未《あゆみ》、買い物へ行って来《き》て。豆腐《とうふ》二丁《ちょう》と豚《ぶた》ひき肉百グラム。今日は肉のあんかけにしましょう。そうだ、おからと納豆《なっとう》もお願《ねが》い。うの花も作りましょう。野菜《やさい》はあるから、それだけでいい。気をつけて行っておいで」

お母さんに財布《さいふ》ごと渡《わた》された。信《しん》じてくれているのがわかった。胸《むね》がはずんだ。二度と、お母さんの信用《しんよう》をうらぎるまいとうなずきかえした。

玄関《げんかん》わきの高い松《まつ》の下で、改《あらた》めて財布《さいふ》の中を確めにぎりしめて、家をあとにした。

路地《ろじ》をぬけ、大通りへ出ると、駅前商店街《しょうてんがい》へ向かった。

豆腐《とうふ》二丁《ちょう》をこわれないように抱《かか》え、豚《ぶた》ひきを買い終えると、今晩《こんばん》の食事が楽しみで、思わず生つばをのむ。

暮《くれ》なずんだ空から、ソソとした風が吹いて気持ちがいい。と、レッスンが終ったのか、十字路《じゅうじろ》で彩花《あやか》と鉢合《はちあわ》せした。

「あっ！　ごめんなさい」

思わず声をあげる。

彩花《あやか》がじっと歩未《あゆみ》を見た。

「この前の私《わたし》が怒《おこ》っているわけを知りたい？」

「うん」

「ここずっと歩未《あゆみ》は、声をかけても返事をしないのが続《つづ》いたのよ。怒《おこ》るの、あたりまえでしょ。無視《むし》され続《つづ》けたのだから」

「そんなつもりはなかったよ。家事や内職《ないしょく》を手伝《てつだ》い、家のこれから先を考えると、気が重くなって、内職《ないしょく》を手伝《てつだ》うのも疲《つか》れて、そのことで頭がいっぱいで……。無視《むし》だなんてそんなひどいことをしていたと思われていたなんて……」

歩未《あゆみ》は次の言葉が出ず、息をのむ。胸が痛かった。

予期出来なかったなりゆきと、自らの不始末《ふしまつ》が悲しい。

「気づかなかった。ごめんなさい」

頭をさげた。

「お父さん、そんなにからだが悪いの？」

「ううん、忙《いそが》しくてきげんの悪いお母さんを思うと、手伝《てつだ》わざるをえなかっただけ。それが重荷になっていた。忘《わす》れ物《もの》が多かったのもそう。彩花《あやか》に、今みたいに思われていたのも気づかなかった」

「無視《むし》がわざとじゃなかったのはわかった。じつはね。清《きよし》がけがして病院へ行ったこと、教えようと思って」

「ええっ！」

胸《むね》がずきっと痛《いた》んだ。

「入院するほどじゃないそうよ」

「あのう、清《きよし》のことを、皆《みな》が、ひょうろくだま＊31頁って言っているでしょ。だからじゃ？」

歩未《あゆみ》は胸《むね》のつぶれる思いで言った。

「そのことを言ってあとで気になって……。辞書《じしょ》で調べてびっくり。まぬけとか、おろか者って出ていたよ。知っていた？　ひど過《す》ぎるよね。私《わたし》、知らなかったからひどいことを言ってしまっていた」

彩花《あやか》が大きな眼《め》をパシパシさせて、口をなかば開いたまま。歩未《あゆみ》をみつめた。

「私《わたし》、そこまでは考えなかった。だれが言いだしたかも知らない。でも、わざと怒《おこ》らせようとしたのだと思う。清《きよし》には冗談《じょうだん》が通じないけど、その手には乗らないよ。気にはしてはいないって」

彩花《あやか》が言いきった。

歩未《あゆみ》のみけんがくもった。

「内心、いやだと思っているよ。だから、けがをしてしまった気がする。私《わたし》が清《きよし》なら、皆《みな》から、あんな風に言われたら、怒《おこ》るか、学校が嫌《きら》いになるか、登校しない。よくよく考えずに、ひょうろく*31頁だまって言ってしまっていた自分に腹《はら》が立つし、清《きよし》に申《もう》し訳《わけ》なくやりきれないよ。彩花《あやか》は何とも思わないの？」

「別《べつ》に。待ってよ。何で、そう、むきになるのよ。そんな歩未《あゆみ》をはじめて見た。どっかからだが悪いのじゃ？」

顔をのぞきこまれて、眼《め》のやり場に困《こま》った。のほほんとし過《す》ぎる彩花《あやか》の欠点《けってん》だとはじめて気づいた。にぶいと思った。

「……………」

「歩未《あゆみ》の考え過《す》ぎよ。神経質《しんけいしつ》になっているもの。つかれてる。それならわかるよ」

彩花《あやか》はひとり合点《がてん》して、うなずいた。

歩未《あゆみ》はどこか救《すく》われた気もした。たとえ彩花《あやか》でも、川でおぼれてから、清《きよし》がくれたアイスクリームの味が忘《わす》れられず思い出すたびに胸《むね》がせつなくなるのを知られたくない。清《きよし》の怪我《けが》の事が気になって仕方がないのも、心がうずくのも、はずかしかったし、胸《むね》が苦しかった。

10. 子供《こども》は親を選《えら》べない

次の日。

「彩花《あやか》。清《きよし》がアキレスケンを切ってしまったのに、なぜ、きちんとくわしく言ってくれなかったの？」

歩未《あゆみ》がいくぶんふきげんな顔で身をのりだすと、彩花《あやか》があわてて、

「ちょっと、校庭へ出よう。話がある」

と、歩未《あゆみ》をうながした。

彩花《あやか》が先に立って、階段《かいだん》を一段飛《だんと》ばしにかけおりて行く。あとを追うと、校庭のうさぎ小屋のまわりにだれもいないのを確《たし》かめてから、立ち止まった。そばに遅咲《おそざ》きのヒマワリと赤いダリアが咲《さ》いていた。

彩花《あやか》がじいっと歩未《あゆみ》をみつめる。その眼《め》に不安《ふあん》がちらついていた。

校庭のうわぁんと広がっている大勢《おおぜい》の声が、耳から遠のいていった。

「教室じゃ、言えなかったけど、清《きよし》ね。アキレスケンを切った上に、今、悩《なや》んでいることもあるの」

彩花《あやか》は、肩《かた》で深く息を吐《は》き、じっと青い空の一点へ目を向けた。

にぶい！　なんてひどいことを思ってしまったのだろう。私《わたし》の方がにぶい。

おそるおそる聞いた。

「どういうこと？」

「清《きよし》は幼《おさな》いころから、サッカーにかけてきたの、知っているでしょ」

「うん、知っているよ。『一流の選手《せんしゅ》になる』って将来《しょうらい》なりたいもので発表をしていたもの。一生懸命《いっしょうけんめい》なのは、サッカーの練習する姿《すがた》を見ていてもわかる」

「その清《きよし》がよ。気づいてしまったの。どんなにがんばっても、一流にはなれないことに。早く言えば、練習してもスピードがあがらない足に限界《げんかい》を感じたらしい。ここずっとタイムが停滞《ていたい》しているんだって。一生懸命《いっしょうけんめい》にやっているのによ。伸《の》び盛《ざか》りだと言うのによ。このダメージ、わかってやれる？　なまじっかの同情《どうじょう》だけじゃ、すまされない。一生の中でも、大変《たいへん》なことの一つだと思うよ」

彩花《あやか》のオーバーな言い方にも、気迫《きはく》と幼馴染《おさななじみ》らしく清《きよし》を案《あん》ずる気持ちが感じとれた。話す言葉の一つ一つが、歩未《あゆみ》の胸《むね》につきささった。自分は何も言う資格《しかく》がない。清《きよし》のように、打《う》ち込《こ》めるものがないのに、何が言えるか？　ただただすごいと清《きよし》の練習する姿《すがた》を見て感動していたうつけもの*。

＊うつけもの……昔のいい方で、ばかにみえたり、何を考えているかわからない人のこと。

あのあと、けがをしたのでは……。

しばらく顔を上げることが出来なかった。

「あっ、始業のベルが鳴っている。今のこと、だれにも内緒《ないしょ》よ」

彩花《あやか》は念《ねん》を押《お》すように言い、まっすぐ歩未《あゆみ》の眼《め》をみた。そして、肩《かた》へ手をかけると、押《お》し出《だ》すように歩きだした。

「だれから、聞いたの？　本人から？」

階段《かいだん》の途中《とちゅう》で、歩未《あゆみ》はやっと口を開いた。

「清《きよし》のお母さんから。親も口出し出来ない状態《じょうたい》だって」

歩未《あゆみ》は口びるをかんで、清《きよし》はつらいだろうと、階段《かいだん》をかけあがった。バイト迄《まで》していた姿《すがた》が目に浮《う》かぶ。

清《きよし》の力になれないのが悲しかった。歩未《あゆみ》は万引きして、あやまり、おじいさんにゆるしてもらえたあとでも、罪《つみ》の意識《いしき》がしこりになっている。清《きよし》もまた重たい問題を抱《かか》えたと、ことの重たさが他人《たにん》ごとには思えなかった。でも、私《わたし》が口にしたら、ごうまんだ。ため息をつくと、彩花《あやか》のあとをついて、午後の授業《じゅぎょう》がはじまる教室へ入っていった。が、この日の授業内容《じゅぎょうないよう》は、まったく頭に入ってこなかった。

しばらくたった日、お茶を買いに行って、家路へと帰っていった。

「歩未《あゆみ》ちゃん」

いきなり目の前へ立ちはだかる人のけはい。ドキっとして顔をあげた。

背《せ》のスラーとした清《きよし》が笑《わら》いかけていた。

一瞬《いっしゅん》、清《きよし》の右足へ眼《め》をやった。痛々《いたいた》しくほうたいがまかれ、そえぎがしてある。脇《わき》の下にはまつば杖《つえ》。何か言わねばと思うのに言葉が出て来《こ》ない。少したって、

「しばらくね。アキレスケン切ったと聞いて、心配していたの」

まともに清《きよし》の顔も見られず、ぼそぼそとうつむいたままで言った。

「前に、清《きよし》のことをひょうろくだま[*31頁]って、意味もよくわからないで言っていた自分がゆるせないの。あんなひどいことばだったとは思ってもみなかった。辞書《じしょ》ひいてわかった。つい、みんなの言うままにいっしょになって口にしていた。ごめんね。ほんとうのことを知らないって怖《こわ》いことだとはじめて気《き》づいた。それに皆《みな》の噂《うわさ》に流されている自分も怖《こわ》いってはじめてわかった。今更《いまさら》だけど……、深く反省《はんせい》している。あやまっても、あやまりきれない。ごめんなさい」

鼻の奥《おく》がつぅんとして、次の言葉がでなかった。眼《め》がうるむ。

「心配しないでいいよ」

清《きよし》の顔が少しゆがんだ。

「やっぱり心配よ」

つい、むきになってしまう。清《きよし》が挫折《ざせつ》して、自分以上《いじょう》に深く悩《なや》んでいるのにと、胸《むね》がしめつけられる。

「ひどく足の方痛《いた》むの？」

「痛《いた》い事は痛《いた》いけど、怪我《けが》のほうは時間が解決《かいけつ》してくれる」

一つ一つの言葉を選《えら》ぶような言い方が、心にしみた。思わず、

「そ、そうだよね、きっと、すべて時間が解決《かいけつ》してくれる」

清《きよし》の悩《なや》みも解決《かいけつ》してくれるようにと願《ねが》いをこめて、口にした。

「ええっ！」

清《きよし》が大きく目を見開く。

歩未《あゆみ》は彩花《あやか》から伝《つた》わっているのを知らないのだと、あわてた。

「いえ、なんでもない。長く立っていると疲《つか》れないの？　大丈夫《だいじょうぶ》？　どこへ行くの？」

矢継《やつ》ぎ早《ばや》にたずねた。

「足慣《あしな》らしと、外の空気にふれたかったから、ぶらっと……」

歩未《あゆみ》は頭を軽くさげた。

「私《わたし》、お見舞《みま》いに行けなくてごめんなさい」

清《きよし》はほほえみを浮《う》かべて、うなずいた。

「この間、茂《しげる》がやって来《き》たよ」

歩未《あゆみ》は清《きよし》が意外と冷静《れいせい》なのにも驚《おどろ》いたが、それ以上《いじょう》に茂《しげる》と言う名に反応《はんのう》した。

「茂《しげる》とつるんじゃだめよ。あいつ、虚勢《きょせい》は張《は》るし、人を見下《みくだ》す。弟をからかい、いたぶったの。知っているでしょ。ゆるせなくて……つい、馬鹿《ばか》なことをしてしまった」

なぜか、清《きよし》に気をゆるし、だれにも言えない万引きしてしまった辛《つら》さや苦しさを打ち明けたことを思い出した。からだがとろけるようなアイスクリームの味がよみがえる。急に、歩未《あゆみ》ははずかしくなって、押《お》しだまった。

しばらく間があって、

「歩未《あゆみ》の気持ちはよくわかるよ。でも、あいつの気持ちもわかるんだ。茂《しげる》。あれでけっこう、さびしがりやだ。あいつのお母さんは、ひどいお父さんの仕打ちにいたたまれなくなって出て行ってしまった。お父さんは相当の遊び人らしい。父親は金で関心《かんしん》を引きつけるだけで茂《しげる》にもつめたいらしい。金もうけと女以外《いがい》には無関心《むかんしん》だとなげいていた。彼《かれ》、母親にも捨《す》てられたと思っている。ヒロちゃんや歩未《あゆみ》たちをからかうのはその裏《うら》がえしだと思う。やきもちだ。この間、歩未《あゆみ》のお母さんがうらやましくて、つい、ジェラシーが歩未《あゆみ》姉弟《きょうだい》へ向かってしまうと言っていたよ」

「ええっ！　やきもち？　ほんとうに？」

歩未《あゆみ》は戸惑《とまど》い、信《しん》じかねたが、好《す》きな清《きよし》の真剣《しんけん》なまなざしに、すんなり受け入れざるをえなかった。

「うん。それに、あいつの家、今、大変《たいへん》なんだって。お父さんが株《かぶ》で失敗《しっぱい》して、塾《じゅく》どころか、家を売っても支払《しはら》えない借金《しゃっきん》が出来たって言っていたよ。お父さんは自業自得《じごうじとく》だけどね。茂《しげる》は落《お》ち込《こ》んでいた」

清《きよし》がやりきれない悲しげな目を、沈《しず》み行く太陽《たいよう》へ向けている。

「茂《しげる》が気《き》の毒《どく》だよ……。子供《こども》は親を選《えら》べない」

と、ぼっそりと言った。同じ立場に立ったらと、案《あん》じている顔つきだ。

自分の事だけでも大変《たいへん》なときなのに、人のいい清《きよし》らしいなと、思わずその横顔に見入った。胸《むね》がコトコトと鳴った。

茂《しげる》が転校すれば、私《わたし》は解放《かいほう》される。でも、私《わたし》のお母さんを茂《しげる》が慕《した》っていたなんて……。それお母さんは自分の出来ることなら、ヒロと私《わたし》を守るために必死《ひっし》に何でもしてくれる。それへの嫉妬《しっと》もあったのか？　そんなことを考えたことが一度もなかった。茂《しげる》は金持ちでそれをひけらかせて、私《わたし》たち姉弟《してい》を見下《みくだ》し、面白《おもしろ》がっているだけの鼻持ちならないやつと思《おも》い込《こ》んでいた。歩未《あゆみ》もそれに負けまいと、意地を張《は》り続《つづ》けてきたのを思い出した。

はじめて茂《しげる》の心の闇《やみ》をのぞいた気がした。

歩未《あゆみ》は家族を思いやってくれる両親や空《そら》おばさんに恵《めぐ》まれたことが、改《あらた》めてありがたく身に滲《し》みた。と、茂《しげる》を気《き》の毒《どく》に思えた。

茂《しげる》はお母さんに出て行かれてしまったやりきれなさを認《みと》めたくなくて強がっているのかも……、茂《しげる》のお金じゃ、解決《かいけつ》できない心の闇《やみ》の深さを見た思いだ。そして、今、たのみのお金さえうしなったと言う……。

彩花《あやか》が自分にとってたいせつな友《とも》だちのように、茂《しげる》にも清《きよし》は大事な友《とも》だちだと、はじめて知った。

今まで、茂《しげる》を思うだけで寒けがしていたのが、いつしか同情《どうじょう》の気持ちが湧《わ》き、憎《にく》しみが遠のく。すると、自分のように親が病気になった子、親を亡《な》くした子、働《はたら》きたくても働《はたら》けない親の子へと心がいった。真剣に考える。

「確《たし》かに子供《こども》は親を選《えら》べないね」

清《きよし》に同調した。

「おからだをたいせつにしてね」

歩未《あゆみ》は清《きよし》と別《わか》れて、納豆《なっとう》を買った。

11. 目の前が開ける

台所へ行くと、お母さんがニンジンやジャガイモをきざんでいた。
歩未《あゆみ》は顔をのぞきこむ。
「ねぇ、ノートの新しいのを買いに行きたいの。ちょっと遠いけど、まとめて買うと安くする山田文具店へ行ってきていいかなぁ」
山田文具店は駅のそばで、清《きよし》の家の近くにある。空気だけでも近くで同じものを吸《す》いたいと思ったのだ。

「いいわよ。助かる。でも、暗くならないうちに帰るのよ。夜道《よみち》は危《あぶ》ないからね。うしろの茶ダンスの上に財布《さいふ》があるから、二百円を出して。それで足りるかい？」

「じゅうぶん」

歩未《あゆみ》は二百円をお母さんに見せると、お母さんに教わって縫《ぬ》った白いうさぎのアップリケがついている、赤い財布《さいふ》に入れた。

財布《さいふ》をぎゅっと握《にぎ》り、急いで家を出る。

路地を抜《ぬ》け、大通りを左に曲がる。きつい陽射《ひざ》しを避《さ》け、近道の裏通《うらどお》りから行くことにした。

道は、少し狭《せま》くめったに自動車が通らないが、大通りと並行《へいこう》して駅前へと走っている。排気《はいき》ガスのないぶん空気がおいしい。銀色の花のギンモクセイのほのかな香《かお》りを胸《むね》いっぱい吸《す》い込《こ》み。四つ角にさしかかった。

「おうっ。歩未《あゆみ》。何処《どこ》へ行く」

出会いがしらに茂《しげる》の声。前へ立ちふさがる。

「なれなれしくしないでよ。急ぐの」

眼《め》でとがめる。

「ひょうろくだま[*31頁]が、ここのところ塾《じゅく》を休んでいるからさぁ、おれも一緒《いっしょ》に駅の方へ行こうかなぁ」

にやっと笑《わら》う。

「じょうだんじゃない。ついて来《こ》ないで。わたし、文房具屋《ぶんぼうぐや》へ買い物なの。どいて」

歩未《あゆみ》は茂《しげる》の肩《かた》をこづいた。

「オットットット」

茂《しげる》がちょっとよろめいた。

「ご、ごめん」

思わず頭をさげる。

「清《きよし》が心配じゃないのかよぅ。命の恩人《おんじん》の見舞《みま》いにも行かない。薄情《はくじょう》もの」

茂《しげる》が体勢《たいせい》を整えながら言う。

振《ふ》り切《き》って、先を急ごうとしていた歩未《あゆみ》の足が止まった。

「顔色が変《か》わってらぁ。やっぱり気になっているんだ。清《きよし》のやつ。歩未《あゆみ》のことを、彩花《あやか》に聞いたと、おれにお節介《せっかい》をやいてよう。あいつ、弱っちいのによう、しつっこいんだぁ」

「茂《しげる》こそ。しつっこいよ。まだ、前を立ちふさがっている。そこをどいてよ。急ぐのよ」

歩未《あゆみ》は、身をひるがえした。

次の瞬間《しゅんかん》、茂《しげる》の大声が響《ひび》いた。

「あれぇ。清《きよし》じゃないか」

歩未《あゆみ》のからだが固《かた》まった。思わず、茂《しげる》の指さす方を見る。

「えへへへ。うそだよ。顔がまっかっかあだ。なんだ。その顔」

歩未《あゆみ》は腹《はら》を立てた。

「ますます、あやしい」

茂《しげる》に肩《かた》をつかれた。よろめいた歩未《あゆみ》は茂《しげる》を無視《むし》して、駅へ向かって走った。息が上がり、肩《かた》を上下させ立ち止まる。そっと振《ふ》り返《かえ》ると、もう茂《しげる》の姿《すがた》はなかった。

動悸《どうき》がおさまってから、足を速める。茂《しげる》は孤独《こどく》だからと、とがった言い方はしなかったつもりなのに、どうだったろう。左側《ひだりがわ》の天神神社をやり過《す》ごし、本通りに出た。急に人があふれて行きかっていた。じき、駅前だ。

歩未《あゆみ》はうっすらかいた額《ひたい》の汗《あせ》をぬぐうと、一気に向かいの路地《ろじ》へ入り、山田文具店へ飛《と》び込《こ》んでいった。

「あっ……、歩未《あゆみ》？」

清《きよし》の声がした。どきっとして振《ふ》り向《む》く。まだ包帯《ほうたい》もとれていない。あのときのまま。

「か、買い物？」

歩未《あゆみ》はうわずった声を上げ、大きく息をのむ。

「うん。ぼく同ようにこわれたエンピツ削《けず》りを買《か》い替《か》え直そうと思ってね。もう少ししたら、学校にも行こうと思う。こんどというこんどは落《お》ち込《こ》んじゃったよ」

清《きよし》が弱音《よわね》をはいた。よほど参《まい》っているに違《ちが》いない。

「無理《むり》しないでね。ゆっくり学校の方は休んだ方がいいよ。私《わたし》はまとめ売りのノート買うんだぁ」

どうにか平静《へいせい》を装《よそお》えた。あたりを見まわした。お客はいない。

店番のおばあさんは部屋の奥《おく》で、下を向いてうとうとしている。

その反対側《はんたいがわ》の片隅《かたすみ》に、目玉商品の山積《やまづ》みされたノートがあった。近寄《ちかよ》って手にとる。五冊《さつ》一束《たば》で百五十円だった。あってよかったとほっとする。と、清《きよし》には、聞かずにいられない気持ちになって、振《ふ》り返《かえ》った。

「サッカー、また、やり続《つづ》けるの。どうするの？」

冷《ひ》や汗《あせ》は出たが何とか聞けた。

「ひょうろくだま*31頁とからかわれると、無視《むし》するのが一番いいと思ったけど、ときどき、いらつきがたまって持《も》て余《あま》す。発散《はっさん》せずにいられなくなる。忘《わす》れるために一層《いっそう》サッカーへ打《う》ち込《こ》む。僕《ぼく》って弱っちい。僕《ぼく》は……だから足を」

清《きよし》は下を向いて話す。とても勇気《ゆうき》がいるらしくもそもそと落ち着かない。

歩未《あゆみ》はその重たい言葉を聞いて胸《むね》をつかれた。

しばらく沈黙《ちんもく》が続《つづ》いた。

清《きよし》は真剣《しんけん》な面持《おもも》ちで、口びるを真一文字《まいちもんじ》に結《むす》んでいる。

「よくそこまで話してくれたわ。すごく大変《たいへん》そう。つらいでしょうに。皆《みな》があんな言い方するのを辞《や》めるように私《わたし》が言うよ」

「ありがとう。でも、考えたあげく、僕《ぼく》にはサッカーしかないとわかる。やめられないと知ったよ。ひょうろくだま*31頁のことを言い出せば、かえって言《い》い訳《わけ》に思われる。それが嫌《いや》だ。苦しい気持ちが言えたら少し、楽になれた。皆《みな》には話さないで」

「そう。わかった。その気ならどんな困難《こんなん》も乗り切れると思う。強いなぁ。私《わたし》なんか、もっと弱っちいよ。万引きしちゃったあとは怖《こわ》かったし、もうこりごり」

歩未《あゆみ》はすらすら言える自分に驚《おどろ》く。やっと乗《の》り越《こ》えられたと気づく。

清《きよし》はしばらく眼《め》を閉《と》じ、やおら開けると深い息を一つついて言った。

「原因《げんいん》は親の事で心が傷《きず》ついた茂《しげる》に、いたぶられたからだろう。あいつ、そんなところあるものなあ。僕《ぼく》からも言っておく。つらかったのがわかるからね」

歩未《あゆみ》は胸《むね》が熱《あつ》くなった。あのとき、秘《ひ》めていた自分をさらけだした以上《いじょう》は、嫌《きら》われると覚悟《かくご》もしたし、離《はな》れて行くしかないとも思っていたのを思い出した。

「わかってもらえたら元気が出た。歩未《あゆみ》にはチヨコを返しに行く勇気《ゆうき》があったものな。凄《すご》いことだよ。勇気《ゆうき》がいったろうに。皆《みな》に僕《ぼく》の事でも訴《うった》えかけると言ってくれたけど、僕《ぼく》も歩未《あゆみ》のように自分を甘《あま》やかせたくない。努力《どりょく》して、まずは、サッカーで学校一番を目指すよ。チームの代表メンバーを目指す。有言実行《ゆうげんじっこう》でいきたい」

清《きよし》の言葉は重たく迫力《はくりょく》があった。

「信《しん》じてくれよ」

清《きよし》は眼《め》を歩未《あゆみ》に向けた。恥《はず》かしくてならないように顔を赤らめている。

「もちろん信《しん》じている」

歩未《あゆみ》も自分の苦しさをわかってもらえて、胸《むね》の痛《いた》みがとれた。

二人はしばし無言《むごん》でみつめ合った。

店番のおばあさんの方をうかがう。居眠《いねむ》りを続《つづ》けている。

歩未《あゆみ》は清《きよし》へ近づくと言った。

「さっき、茂《しげる》に会ったの。清《きよし》のところへ行くようなことを言っていたくせに、途中《とちゅう》で姿《すがた》が見えなくなって……。からかわれるのはいつものことだけど、変《へん》に威圧的《いあってき》な感じじゃなかった。茂《しげる》に何かあったの?」

「ちょっとね。多分、勉強に興味《きょうみ》を持つようになったから、やめるのがつらいのだろう」

「上手《うま》くいかないね」

「ぼくは塾《じゅく》の皆《みな》に会う気がしなくて……。塾《じゅく》は辞《や》めるかも……」

「清《きよし》は勉強もできるもの、それもいいと思う。サッカーへあれほど集中し、努力《どりょく》できるもの、思《おも》い込《こ》んだらなんでも、やり通せるよ。ちょっと悪いけど……時間が。母に明るいうちに、帰るよう言われているから……急がないと……」

落ち着かなくなって、両手の平をこすりあわせる。汗《あせ》ばんでいた。

「じゃ、送って行く」

歩未《あゆみ》のほほがほてった。耳まで熱《あつ》い。

「いいよ。お勘定《かんじょう》を済《す》ませて。急ぐから」

「ぼ、ぼくの歩く練習にもなるから」

笑《わら》いかける清《きよし》の顔が赤い。こんなに笑顔《えがお》の素敵《すてき》な人だったとは……。胸《むね》が熱《あつ》くなって思わずうつむく。

「早く勘定《かんじょう》をすませたらいい」

清《きよし》がほころんだ顔でいう。

そのとき、店番のおばあさんが、

「ええっ！」

とすっとんきょうな声をあげて、二人をこうごに見つめた。

歩未《あゆみ》はノートの束《たば》に二百円を添《そ》え、おばあさんに突《つ》き出《だ》すように差《さ》しだした。

「は、はい。ノートね。百五十円」

おばあさんはぶっきらぼうに、五十円のおつりを突《つ》き出《だ》した。眠《ねむ》りが足りないのか、大きなあくびをする。

「まだ、外は少し明るい。急ぐのだろう。ぼくのエンピツ削《けず》りは、あとで買う。急ごう」

「悪いよ」

暮《く》れなずんだ空。二人並《なら》んで外へ出た。

「まいどう」

おばあさんのあくび交じりの声。

歩未《あゆみ》は下を向いて歩いた。

裏通《うらどお》りのこのあたりはカイドウイブキの生垣《いけがき》に囲《かこ》われ、まわりは人もまだらだ。夕暮《ゆうぐ》れの気配がただよいだしていた。

並《なら》んで歩くのが恥《は》ずかしいようで、誇《ほこ》らしい。まるで雲の上を歩くように足元がフワフワしている。清《きよし》の視線《しせん》を感じて、ちらっと見上げると眼《め》が合った。温かいものがこみあげる。

清《きよし》の口笛が聞こえて来《き》た。

歩未《あゆみ》は清《きよし》の吹《ふ》く口笛に合わせて、小さくハミングして歩調を合わせる。

夕陽《ゆうひ》は沈《しず》みそうでいてなかなか沈《しず》まなかった。

歩未《あゆみ》のほてる首筋《くびすじ》を、冷《つめ》たくなりかけた秋の風が優《やさ》しくなでていった。

清《きよし》はやっと気持ちもからだもきっちり整理がついたのだろう、学校へ明るい顔をして登校して来《き》た。

歩未《あゆみ》は前の席《せき》なので気づかなかったが、昼休みの時間。トイレから戻《もど》り、廊下《ろうか》で鉢合《はちあ》わせした。ほうたいはとれていた。きりりっとしまった顔つきになっていた。すれ違《ちが》いざまに、

「心配かけたね。見切り発車したよ。サッカーのうまい六年一組の早瀬翔《はやせかける》君を見習おうと思っている。頼《たの》んだら相談にも乗ってくれた。足の方の悩《なや》みの方もね。前方に目標《もくひょう》が出来

たせいか、新たに身の引《ひ》き締《し》まる思いがする」

と、告《つ》げてくれた。

歩未《あゆみ》はうなずくと、穏《おだ》やかな気分でゆっくりと教室に戻《もど》り窓辺《まどべ》に近寄《ちかよ》る。校庭では、六年生もサッカーのトレーニングに励《はげ》んでいた。

やがて清《きよし》の見物している姿《すがた》が見えてきた。

皆《みな》はキックし、敵《てき》のゴールへ突進《とっしん》していったり、ボールをネットにねじ込《こ》んだりしている。蹴《け》り続《つづ》けたボールを仲間《なかま》と協力《きょうりょく》して、ヘディングシュートをきめる子もいた。

その中で際立《きわだ》っているのは早瀬翔君《はやせかける》だろう。敏之《としゆき》の顔も見えた。清《きよし》が仲間《なかま》に入っていく。

皆《みな》は昼休み時間いっぱい駆《か》けまわっていた。きびきびした練習の努力《どりょく》があるからこそ、上手《うま》くなれるとしみじみと歩未《あゆみ》は感心する。清《きよし》が元気になるようにと、太陽《たいよう》に祈《いの》ったかいがあったと、気持ちも軽《かろ》やかに、みんなを応援《おうえん》したのだった。

12 彩花《あやか》の恋《こい》

このごろ、彩花《あやか》の口から清《きよし》のことは話題にのぼらなかった。さけているのかもしれない。歩未《あゆみ》も清《きよし》との間を変《へん》にさぐられたくなくて、自分から話題をふるのをやめていた。うしろから肩《かた》を叩《たた》かれて、振《ふ》り返《かえ》ると、彩花《あやか》の顔が間近にあった。きらきらと輝《かがや》きをおびて見えた。

「いいことがあったの?」

歩未《あゆみ》は身を乗り出してたずねた。

「フフフ」

彩花《あやか》が笑《わら》うと、華《はな》やいで大輪《たいりん》の花のようだ。女同士《おんなどうし》でも見とれる。

歩未《あゆみ》は知りたくてうずうずした。まわりにだれもいないのを確《たし》かめてから、顔をのぞき込《こ》む。

「聞いて、聞いて、私《わたし》。恋《こい》しているみたい」

はずんだ声で彩花《あやか》が言う。

その相手がもしかして、清《きよし》では？　そうだったら、彩花《あやか》は目鼻立ちや姿《すがた》もいいから、自分は及《およ》びもつかないと、心ひそかに寂《さび》しく思った。はじめて、彩花《あやか》がうらやましく、悲しくやりきれない気持ちになった。

「あたしね、兄の友《とも》だちで中学生の小岩信之《こいわのぶゆき》君が気になってしかたがないの。背《せ》も高く凄《すご》い美男子よ。ぽーっとみとれちゃう。遊びに来《き》てくれたとき、あまり私《わたし》の顔が赤いので兄にはからかわれるし、いやになる」

口の割《わり》にはまんざらでもない様子。ほんのりと赤みのさした顔。うっとりとしたまなざし。びっくりするほど顔が華《はな》やいでいる。

歩未《あゆみ》は口を開けたまま彩花《あやか》に見とれた。

「そんな顔しないでよ」

やっとわれに返って、

「突然《とつぜん》だったので、うらやましかったの」

と、あわてて言葉を濁《にご》した。

歩未《あゆみ》は清《きよし》と並《なら》んで歩いた夕陽のとき以来《いらい》、平静《へいせい》な気持ちでいられなくなった。前のように、本人の前で、気がるに口をきけなくなった。つい、口ごもってしまうか、顔がほてって黙《だま》り込《こ》むか、とちってしまう。これではクラスの皆《みな》に変《へん》だと気づかれてしまう。

なるべく近づかないよう心がけた。

ひとりぽつねんと校庭へ目をやっていると、彩花《あやか》がそばへ来《き》てそっとささやいた。熱《あつ》い息がほほにかかる。

「信之《のぶゆき》君のバリトンの声が胸《むね》に迫《せま》ってくる感じでね、顔が赤いと兄さんにはバレバレ。ひやかされるし……。てれちゃうよ。ほんとうに素敵《すてき》な人よ。ウフフフ」

歩未《あゆみ》はあっけらかんとのろける彩花《あやか》のおおらかさが、うらやましかった。

自分は清《きよし》が好《す》きなことを仲《なか》よしの彩花《あやか》にさえ、ひたかくしにしている。心苦しかった。

学校での茂《しげる》が、いつ、どう清《きよし》とのことを皆に言いふらすか？　と、ますます不安《ふあん》になり、びくつくのだった。


二週間後、教室での朝礼の時間。

茂《しげる》がしんみょうな顔をして、教卓《きょうたく》の前に立った。じき、その顔はこわばり、かたまった。

岩田一先生が、あたたかい顔をひきしめて、

「皆《みな》さん、静《しず》かに、佐藤茂《さとうしげる》君から、お話があるそうです」

うしろの茂《しげる》をうながす。

茂《しげる》の緊張《きんちょう》しきった顔がゆがむ。

「明日、父の仕事の関係《かんけい》で、宮城《みやぎ》の学校へうつることになりました。今日が最後《さいご》です」

ペコッと頭をさげると、自分の席《せき》へダッシュし、机《つくえ》へつっぷした。

「へーえ」

という声が教室中にあがった。

歩未《あゆみ》は心配していたことから解放《かいほう》され、ありがたく思えたが、なぜか気が晴れなかった。茂《しげる》は借《か》りてきた猫《ねこ》みたいにしょげかえっていた。沈《しず》んだ暗い顔は茂《しげる》らしくなかった。そこだけ暗い雰囲気《ふんいき》がただよう。帰りがけ、ふりかえると、清《きよし》が近づき、その肩《かた》を軽くたたいていた。勇気《ゆうき》づけているのかもしれない。

思わず、歩未《あゆみ》は立ち上がってうしろから、そっと近づいた。

「がんばってね。からだをたいせつにね」

顔をのぞきこんで言った。

驚《おどろ》く茂《しげる》。

歩未《あゆみ》はお母さんへの茂《しげる》の思いを、むげに出来なかったのだ。

茂《しげる》は母親に捨《す》てられたと言ったそうだが、裏返《うらがえ》せばお母さんにいつもそばにいてもらいたかったに違《ちが》いない。今、どこかおどおどしている茂《しげる》を見ていて可哀《かわい》そうになった。からかわれたときは、自分も茂《しげる》に負《ま》けず劣《おと》らず、見下《みくだ》した気持ちをもっていた気がする。今更《いまさら》

12. 彩花の恋

ながら、恥《は》ずかしい。行った先で茂《しげる》の身に苦しいことがおきる予感が、その暗い顔から察《さっ》しられた。

敏之《としゆき》が不思議《ふしぎ》そうに二人を交互《こうご》に見ていた。

「今まで悪かったな」

茂《しげる》はかすれた声で言った。顔が真っ赤だった。汗《あせ》がふきでていた。

歩未《あゆみ》は変《へん》にがんばり過《す》ぎていた自分が、遠のいていくのを感じた。

清《きよし》が二人をじっと見つめてうなずき、かすかに笑《わら》いかけてくれた。

「やさしくなったわね。あれほど嫌《きら》っていた茂《しげる》にまでとは、驚《おどろ》きよ」

彩花《あやか》がうしろから背《せ》に手をかけてきた。

「ヒロちゃん、みたいにだれもあつかうんじゃないよ。小さい子にきらわれるだけじゃすまないんだよ。いい加減《かげん》にわかりなよ」

彩花《あやか》がおちゃらけたふりをして言うと、茂《しげる》はウヘエッと顔をしかめ、頭をかいた。

彩花《あやか》が耳元でささやいた。

「茂《しげる》がいなくなると、ほっとするでしょ」

歩未《あゆみ》のお母さんがうらやましかったからと、ヒロや自分をいたぶった茂《しげる》のねじまがった行為《こうい》は、恵《めぐ》まれていた彩花《あやか》にはわかるまい、と思った。また、皆《みな》に清《きよし》とのことを言わないでくれた茂《しげる》に対して感謝《かんしゃ》した。同時に自分の生きる目標《もくひょう》を改《あらた》めてたしかめた。苦手でとろい九九掛算《かけざん》をもっと早くそらんじ、瞬時《しゅんじ》に言えるようにして、すべて三年生から学び返そうと思った。そして自分が何をしたいか、自分の心のアンテナでみつける迄《まで》、さがし続《つづ》けようと思った。一心に打《う》ち込《こ》める何か？　をつかまないと、あこがれる清《きよし》にはずかしいから、努力《どりょく》だけは続《つづ》けよう。私《わたし》は頭、よくないもの。成績《せいせき》は体育、絵は４だけど（５だんかいで）算数２、他《ほか》３だ。余裕《よゆう》を持って考えられるようになれたのは、父親がかえってくると知ったからだろうと気づいた。

二週間後の朝。

「また、恋《こい》したいなぁ。同級生は子供《こども》っぽくて」

帰りしなに、彩花《あやか》がいたずらっぽい眼《め》をくりくりさせて言う。あのキラキラした輝《かがや》きは失《う》せていた。

「急にどうかしたの?」

歩未《あゆみ》は眼《め》を丸くして、顔をのぞく。

彩花《あやか》が沈《しず》んだ面持《おもも》ちで、低《ひく》い声で言った。

「信之君《のぶゆき》。劇《げき》の主役になった女の子にのぼせあがって、勉強も手につかなくなっているって、兄さんから聞かされたら、急に、熱《ねつ》がさめちゃったの。無性《むしょう》に腹立《はらだ》たしくなって」

「また、好《す》きな人ができるよ」

歩未《あゆみ》はなぐさめずにいられなかった。

彩花《あやか》がうつむいてうなずく。

歩未《あゆみ》はほほえみかける。

「彩花《あやか》、茂《しげる》のお父さん。株《かぶ》で失敗《しっぱい》して、引越《ひっこ》さざるを得《え》なかったの、知ってた?」

「エエッ!　だれからのニュース?」

「清《きよし》に、前、言われたよ」

「まったく!　あいつ、みずくさいよ。歩未《あゆみ》だけに話したとしたら、ゆるせない」

「知らなかったとは、私《わたし》の方がびっくりよ」

背中《せなか》にびっしょり汗《あせ》が吹《ふ》き出《で》た。よけいなことを言ってしまったと後悔《こうかい》した。

「ま、しょうがないか。私《わたし》、恋《こい》にうかれていたから」

納得《なっとく》したような彩花《あやか》の顔を見て、歩未《あゆみ》はほっと息をつく。こんなすっきりした顔には、きっと私《わたし》は、なれないだろうと思った。


翌日《よくじつ》の昼休み。

『人間は弱いものだ。いい種《たね》だけでなく、つい悪い種《たね》もまいてしまう。いつかは、それを自分で刈《か》りとらざるを得《え》ないのも人間の常《つね》。だから、出来るだけいい種《たね》をまくようにしなさい』と言う父の言葉を、久方《ひさかた》ぶりに思い出していた。

そうだ。これからは精《せい》いっぱいよい種《たね》をまき続《つづ》けようと考えつくと、きりっとした顔つきになって、黒板を見上げた。

「ねえ、清《きよし》。茂《しげる》のお父さんのこと、なぜ私《わたし》に話ししなかったの？　歩未《あゆみ》には話しているくせに。どうしてよ」

うしろの方の席《せき》から、彩花《あやか》が清《きよし》にからむ声がした。

歩未《あゆみ》はびっくりしてふり返った。よきせぬことだった。

昨日《きのう》の彩花《あやか》のからっとした態度《たいど》とは違《ちが》い過《す》ぎて、にわかに信《しん》じかねた。

「彩花《あやか》のことだから、耳に入っていると思ったよ。悪気はないよ」

とまどった清《きよし》のぼそっとした声が聞こえた。

彩花《あやか》は清《きよし》の答えが腑《ふ》に落ちない顔で、強く見つめ続《つづ》けている。

歩未《あゆみ》は声のするうしろの方へ行って、二人に近寄《ちかよ》る。

「あのう……彩花《あやか》。あのとき、ぽおっとしていたみたいなこと、言っていたじゃないの。気にしてない風に見えたのに……」

困《こま》りきって顔を赤らめ、彩花《あやか》の耳元でささやく。

ふりむいた彩花《あやか》がとげのある眼《め》をむけてきた。

歩未《あゆみ》はたじろいだが、その顔を見てしゃべった自分が悪いと思った。予想外だが清《きよし》を困《こま》らせたくない。額《ひたい》に汗《あせ》をにじませて、必死《ひっし》に考えをめぐらせ、話題を替《か》えた。

「彩花《あやか》。茂《しげる》のことで、ほんとうに私《わたし》がやさしく見えたって、それ、本音《ほんね》?」

「そりゃあ見えるには見えたよ」

彩花《あやか》がふくれ顔で口をとがらせる。みけんに縦《たて》しわが出来ている。

「だったとしたら、お母さんのこともあるけど、お父さんが退院《たいいん》して家にいてくれるせいで、少し、肩《かた》の荷がおりたの。今、お父さんは気胸《ききょう》しに民間《みんかん》の病院に通っているほかは、家で横になっている。静養《せいよう》のためにね。気胸《ききょう》って、肺《はい》に脇《わき》の下から、太い針《はり》で空気を入れるらしいの。すごく痛《いた》いらしいけど、私《わたし》ら家族のためにがんばって耐《た》えていてくれている」

話している内にせつなくなって息遣《いきづか》いが荒《あら》くなった。ぐっと口びるをかみつつうつむく。気をとりなおして顔を上げると、考えてもいなかった温かみのあるいたましそうな清《きよし》の眼《め》に出くわした。

熱《あつ》いものがこみあげた。

廊下《ろうか》へ走り出る。泣《な》き顔《がお》をだれにも見られたくない。そのまま、校庭の裏《うら》までいっきに走った。肩《かた》を上下させ、激《はげ》しい動悸《どうき》を静《しず》めていると、彩花《あやか》がそばへゆっくりやって来《き》た。

「つらい思いに耐《た》えていたのね。話してくれてうれしい」

歩末《あゆみ》の背《せ》をなでてくれた。

彩花《あやか》にとり乱《みだ》したことをわびた。

「清《きよし》のことだけどね、少しふっきれたみたいよ。続《つづ》けることのたいせつさも学んだって、表面、割《わ》り切《き》っているらしく親はほっとしたらしいよ。私《わたし》も、ほっとしているんだぁ。清《きよし》はめったに心のうち、話さないから、ほんとうのことは、わからないけどね。ああいう人だから」

彩花《あやか》の話から、日ごろの清《きよし》の様子がしのばれてありがたかった。話してくれた配慮《はいりょ》もうれしかったが、清《きよし》から聞いたことを彩花《あやか》に秘密《ひみつ》にしているのが申《もう》し訳《わけ》なさでいっぱいになった。

大変《たいへん》なサッカーへの道を貫《つらぬ》く清《きよし》が、自分の弱さと向き合い、それを語ってくれたのがよみがえった。

歩未《あゆみ》は清《きよし》に見習って、前向きに生きたい、自分もいつかは自身を乗りこえる努力《どりょく》していこうと心底《しんそこ》思った。

校庭で遊んでいると、授業《じゅぎょう》がはじまるベルがなった。

彩花《あやか》に手をとられながら、

「やっと目標《もくひょう》が出来たの。そのためには宿題は頑張《がんば》る。それから、基礎《きそ》を学び直す」

彩花《あやか》の眼《め》をまっすぐに見て言った。

「そう。よかったね」

彩花《あやか》はそれ以上《いじょう》聞かなかった。歩未《あゆみ》は清《きよし》や彩花《あやか》、茂《しげる》に会えなかったら、将来《しょうらい》を思う今の自分はなかったと気づいた。また、清《きよし》を尊敬《そんけい》し好《す》きになったことは、心の中の宝《たから》だと思えた。

二人は教室へ戻《もど》っていった。

13. 父帰る

お父さんが帰ってきてから、

「安静《あんせい》にするので立《た》ち振《ふ》る舞《ま》いも静《しず》かにね」

と、お母さんに言われた。

お父さんの居場所《いばしょ》は奥《おく》の八畳《じょう》にきめられた。

窓《まど》から、中庭の黄色で大輪《たいりん》のピース（平和）と白の富士《ふじ》の四季咲《しきざ》きのバラが咲《さ》いているのがよく見えた。ほのかに、香《かお》っている。

布団《ふとん》に横になったお父さんは、六法《ろっぽう》全書に目を通したり、会計学の本をよく読んでいた。枕元《まくらもと》には難《むずか》しい本が山積《やまづ》みになっていた。

「お加減《かげん》に触《さわ》らないように、許《ゆる》しもなく入らないこと。それに菌《きん》がうつるよ」

厳《きび》しくお母さんにさとされて、歩未《あゆみ》とヒロは緊張《きんちょう》気味だ。

半月ほど、食事も別々《べつべつ》だったが、たってのお父さんの希望《きぼう》で食事だけは、居間《いま》でいっしょにとるようになった。

カレーには、たっぷり肉が入るようになった。お刺身《さしみ》や焼《や》き肉《にく》、あじ、さんま、シャケ、ときには焼《や》き肉《にく》、酢豚《すぶた》など、眼《め》をみはる華《はな》やかな食卓《しょくたく》のにぎわいに歩未《あゆみ》は驚《おどろ》いた。ご飯時《はんどき》が待たれて、楽しみになってきた。

お母さんが、今日もメンチカツにサラダをあしらって、それぞれの皿に色どりよく盛《も》りつけた。その上、たっぷり大根おろしになめたけを添《そ》えたのも、出してくれた。味噌汁《みそしる》の具はわかめと豆腐《とうふ》だ。ゆらゆらと湯気が立ち上っていく。

ヒロはメンチが大好物《だいこうぶつ》で、生唾《なまつば》をゴクリと飲み、眼《め》を見張《みは》る。

「お父さんにさめないうちに来《く》るように言ってきて」

歩未《あゆみ》はお父さんの寝《ね》ている部屋のふすまを開ける。

「お父さん。ご飯《はん》ですよ。温かいうちにどうぞ！　さめないうちに、早く来《き》てね」

歩未《あゆみ》は炊《た》き立《た》てのご飯《はん》を、お父さんの茶《ちゃ》碗《わん》に盛《も》りつける。

そこへ、お母さんが糟漬《ぬかづ》けの人参《にんじん》、キュウリ、キャベツ、大根を持ってきた。

「今日の無事《ぶじ》を感謝《かんしゃ》して。いただきます」

お父さんの声に合わせて四人そろって頭をさげた。食事がはじまる。長くお父さんが留守《るす》だったので、どの顔も輝《かがや》いていた。

「みんなして食べられる食事ほどうまいのはないねぇ」

お父さんの笑顔《えがお》。

お母さんが、ヒロのメンチカツをナイフで切りわけ、ソースをかける。

「うわぁ、よだれがでるう」

ヒロは、ほうばってうっとりし、たれ目になった。

歩未《あゆみ》のは、お父さんが切ってくれた。うれしくて胸《むね》がいっぱいになる。お父さんのトンカツを二切れずつ、子供《こども》たちにわけてくれた。

「あなたに買ったんです」

お母さんのきびしい声がとんできた。

「したいようにしただけ」

さらっとお父さんが受け流す。

むすっとするお母さん。

お父さんのにこにこ顔に、次第《しだい》に和《なご》やかな食事が進んでいった。

ラジオから流れる宝塚《たからづか》の放送。彩花《あやか》が受けるだろう、歩未《あゆみ》は受かりますようにと祈《いの》りながら食事をすませた。

「後片《あとかた》づけはするよ」

歩未《あゆみ》が言うと、

「じゃ、お願《ねが》い、お父さんのは別《べつ》にして。熱湯《ねっとう》で消毒《しょうどく》するのを忘《わす》れないでね。それから、火傷《やけど》しないよう気をつけるのよ」

皿を手に台所へ行く。うしろで、お母さんの声がした。

「高カロリーのものをみんなで食べるのも、お父さんには薬と同じくたいせつなの」

最近《さいきん》のお母さんの口癖《くちぐせ》がまたはじまっていた。

歩未《あゆみ》は食器《しょっき》を洗《あら》いながら、おいしいものが食べられる嬉《うれ》しさ反面、ふと不安《ふあん》になった。

お父さんの入院していた当時、『なんとしても、この家を守らないと……』と、お母さんが廊下《ろうか》に座《すわ》って、今にも降《ふ》り出しそうな空をにらんでいた日を思い出した。

その姿《すがた》をかいまみたときには、考えられなかった、空《そら》おばさんの出現《しゅつげん》。食後。空《そら》おばさんから届《とど》いたリンゴをデザートとして食べると香《かお》り高《たか》く甘《あま》い。

「お天道様《てんとうさま》は見ててくれるよ、がんばるのよ」

と祈《いの》るような目で言ってくれた空《そら》おばさんの顔か浮《う》かんできた。

長雨が降《ふ》り続《つづ》いた。

お父さんの枕元《まくらもと》には、むずかしい法律《ほうりつ》の本、経理《けいり》の本、スリラーの小説が置《お》いてあった。ときとして、じっくり読んでいるお父さんの姿《すがた》を、みかけるようになった。書きものをしているときもある。

「気がついてみれば、このごろ、お父さんは咳《せき》をするのが少なくなったね」

歩未《あゆみ》が言えば、お父さんも言った。

「お母さんの料理《りょうり》の成果《せいか》だ」

「ゆっくり休養《きゅうよう》がとれたせいもあるわね」

お母さんがじんわりした眼《め》になる。持ってきたお盆《ぼん》の上へ目をやった。

「そうそう、裏庭《うらにわ》のイチジクで作ったジャムをクラッカーに塗《ぬ》ったのがあるから、食後のデザートに皆《みな》で食べようね。茂《しげる》ちゃんにもいつもの通りジャムを三瓶《びん》ほどもたせてあげたのよ。柿《かき》といっしょに空《そら》おばさんへも送るわ」

ヒロがくりくりする目を輝《かがや》かせて、お母さんに手渡《てわた》されたのを頬張《ほおば》ると、手でほほを叩《たた》いた。

「ほっぺが落ちそう」

家族中笑《わら》い声《ごえ》があがった。

歩未《あゆみ》は母がジャムを茂《しげる》にあげ続《つづ》けているのをはじめて知った。嬉《うれ》しかった。

「柿《かき》も渋抜《しぶぬ》きしてあるから、先が楽しみよ」

お母さんの弾《はず》んだ声に家族中《みんな》が湧《わ》きたった。

次の日もまだ冷《つめ》たい雨は降《ふ》り続《つづ》いていた。

学校から帰ると、ヒロがかぜをひいた吉行《よしゆき》ちゃんと遊べないからとまとわりつく。しかたなく、彩花《あやか》から借《か》りてあった絵本を読んであげる。

「この子、おじいちゃんが病気になると、暗い夜道《よみち》の中なのにお医者さんを呼《よ》びに行くんだね。すっごい！　この子、小さいのによくできる。ぼくもできるかなぁ」

ヒロの眼《め》がうるうるしている。

「ヒロなら、きっと出来るよ」

歩未《あゆみ》はヒロの肩《かた》に手を置《お》いて、うなずいて見せると、ヒロが真剣《しんけん》な顔でこっくりした。

次の夜。九時を過《す》ぎてもお父さんは帰って来《こ》なかった。どうなったのか、心配で胸《むね》がじりじりする。

お母さんも落ち着きがなく、ちらちらと柱時計に目を走らせる。

「もしもよ。お父さんのお仕事がきまってもよ、今、働《はたら》いているストアーはやめない。お前たちが大きくなる迄働《までは たら》く。だから、二人ともそのつもりで気張《きば》ってね」

言葉の割《わり》には、その声には力が入ってない。今日のお父さんの心配が先立つのだろう。

ヒロも落ちつかない顔をして、うなずき、玄関《げんかん》のほうばかりうかがっている。

「歩未《あゆみ》。ヒロ。もう遅《おそ》いけど、もう少し待ってね」

「待つよ。ねえ、ヒロ」

歩未《あゆみ》がすかさず答える。お腹《なか》が鳴った。

姉弟《してい》はもじもじして顔を見合わせる。

そのとき、玄関《げんかん》がガラリとあく音がした。

三人ははじかれたように玄関《げんかん》へ走り出た。と、畳《たたみ》に座《すわ》ったまま、お父さんを見上げる。

「心配をかけたな。せきがでなくなったから、仕事、きまったよ。来々月ぐらいから、行くことになった」

すかさずお母さんが、

「営業《えいぎょう》の仕事じゃ？　そのからだでは……」

と、口ごもる。額《ひたい》に汗《あせ》がにじんでいる。

「いや、経理《けいり》だ。座《すわ》ってできる仕事。案《あん》ずることはない。それにしても、友《とも》だちほどありがたいものはないなぁ」

しみじみとした笑顔《えがお》。

お母さんはほっとしてか、腰《こし》をぬかしたようにくたぁっとしていたが、張《は》り切《き》ったお父さんへ目をやると、しゃきっとなり、晴れやかな顔になった。

歩未《あゆみ》の頭に清《きよし》と彩花《あやか》の顔がよぎった。大人になっても、お父さんのお友《とも》だちのようでありたいと願《ねが》わずにはいられなかった。

「さあ、お前たち、ごはん、まだなのだろ。急ごう。お腹《なか》がすいたろう」

お父さんがヒロを抱《だ》き上《あ》げ、居間《いま》へと上がって行った。

「さあ、今夜は赤飯《せきはん》にお煮《に》つけとだし卵《たまご》に、ステーキよ。空《そら》おばさんが送ってくれた現金《げんきん》書留《かきとめ》のお金で買ったの」

「待っててよかったぁ」

　ヒロがはしゃぐ。

「まるで、仕事がきまるのが、わかっていたみたいだなぁ」

と、いぶかるお父さん。

「いずれにしても、からだの治《なお》ったお祝《いわ》いです。空《そら》おばさんのお気遣《きづか》いはありがたいわ。フフフ」

　入院以前《にゅういんいぜん》の屈託《くったく》のないお母さんの笑顔《えがお》がそこにあった。はじかれたように立ち上がり、台所にすっ飛《と》んで行く。

　お父さんがにこっとして、ヒロを抱《だ》き上《あ》げて、ほほずりをした。

　そのうしろから、歩未《あゆみ》がお母さんのあとを追って走り出す。

「待ってお母さん。私《わたし》も手伝《てつだ》うよ」

　胸《むね》の中が、お父さんへの感謝《かんしゃ》でわくわくはずむのだった。

完《かん》

高山榮香（たかやまえいか）
本名、高山智榮子。
1935年3月3日生　横浜　出身
武蔵野女子学院　高等学校　卒業
30歳で、国立市民大学を出、『芥川龍之介文学体験』同年童話を書き始める。
30歳より、「トナカイ村」「現代少年少女文学研究会」「さん」「Ten」「メルヘン21」「サークル拓」現在に至る。その間、日本児童文学学校、創作教室を卒業。
ことわざ童話3『地蔵さんの左手』（国土社、1993年）、鈴の音童話『横丁のさんたじいさん』（銀の鈴社、2015年）。『ハルジオンの咲《さ》く野《の》』（銀の鈴社、2022年）。日本児童文学者協会会員。

うすいしゅん
ちょっと昔。
福島県、関の白河生。
武蔵野美大油画科卒。日本デザインスクール　グラフィック科卒。
学研幼児局を経て児童書・絵本・雑誌のイラストレーターに。

NDC913
高山榮香　作
神奈川　銀の鈴社　2025
160P　21cm　A5判（ひろったうわばきと恋《こい》のゆくえ）

定価＝一、八〇〇円＋税

鈴の音童話
ひろったうわばきと恋《こい》のゆくえ

二〇二五年五月五日　初版
著　者――高山榮香©　うすいしゅん・絵©
発　行――㈱銀の鈴社　https://www.ginsuzu.com
発行人――西野大介
〒248-0017　神奈川県鎌倉市佐助一-一八-二一
万葉野の花庵
電　話０４６７（６１）１９３０
ＦＡＸ０４６７（６１）１９３１
〈落丁・乱丁本はおとりかえいたします〉

ISBN 978-4-86618-169-1　C 8093

印刷・電算印刷　製本・渋谷文泉閣